JN080610

遺体引き上げダイバーの見た光景

矢田海里
Kairi Yada

柏書房

目次

装丁・藤塚尚子（e to kumi）

潜匠

遺体引き上げダイバーの見た光景

プロローグ

真っ暗な運河の底をゆっくりと歩いていた。

澱んだ水面は油膜で覆われ、昼間でも陽の光は届かない。上も下もわからないような、本当の闇だった。運河の底には分厚い泥が溜まっていた。潜水用のブーツの靴底にはいつも、田んぼの中を歩いているようなズブズブとした感触があった。

行く手には無数の残骸が折り重なっていた。ひっくり返った車、冷蔵庫やバイク、家屋の屋根。手にした水中ライトの小さな視野に、それらが次々と飛び込んでくる。容易に進むことはできない。

頼りは、手にした一本の細い棒だけだった。その鉄の棒で運河の底を突きながらゆっくりと歩く。棒の先にぼってりとした土嚢のような感触があれば、それが人の腹や太ももであるかもしれなかったし、コツコツと硬い感触があればそれは人の頭かもしれなかった。これはと思うものを手探りで引き上げ、水面に上げてみて、人であるということを確認する。それを土手の上で待つ警察官に引き渡すと、また同じように暗い運河の中へと潜っていく。

そうやって何日も同じことを繰り返しながら、いったい何人を引き上げたかわからない。

「わからない」というのは、あまりにも人数が多いためにわからないということももちろんあった。ただそれ以上に、頭だけ、腕だけなど、ちぎれた身体の一部だけということもあり、いったいどれが一人なのかがわからないのだった。

昼時になると水から上がり、土手の上に腰掛けて一息つく。乾いて硬くなった支援物資のおにぎりと小さな缶詰が一つと水。それらをかき込みながら、分厚い写真の束(たば)に目を通す。岸壁を往来する行方不明者の家族が「見つけたら知らせてください」と言って置いていったものだった。最初は数枚だったが、その数も日に日に増えていった。

だが何度も見るうちに海水でふやけてしまったそれらの写真も、実際の捜索にはほとんど役に立たなかった。運河から上がってくる遺体は泥だらけであったり、傷ついて色やかたちが大きく変わっていたりして、とても人物を特定できる状態ではなかったからだ。

日没が近づく頃、一日の作業を終えると警察や消防とともに報告と打ち合わせをする。潜水具を車のトランクにしまうと、エンジンをかけ、朝方通ってきた避難所への一本道を再び戻っていく。

車窓からは瓦礫(がれき)の荒野がどこまでも続いて見えた。それは見渡す限りのどうしようもなく重苦しい混沌(こんとん)だった。漁船が田畑に転がり、壊れた家々の屋根や木材、ひしゃげた車があたりを覆い尽くし、引かない海水が田畑に溜まったまま曇天(どんてん)を映す。ぴんと張り詰めた緊張が何日も続く中、心の底でぼんやりと考えた。

「いったい、いつになったら終わるのだろう……」

吉田浩文が行方不明者の捜索にあたっていたのは、宮城県名取市閖上地区にある貞山堀だった。貞山堀とは仙台平野の海岸沿いに数十キロも続く、かつて伊達政宗が作らせた運河である。

その貞山堀にほど近い閖上七丁目に吉田が妻と小さな息子を連れて引っ越してきたのは、二〇〇七（平成十九）年の春のことだった。それからというもの、毎年夏には海水浴場の警備主任をし、アルバイトにやって来る地元の若者たちを育てながら過ごしてきた。夢を持った若者もそうでない若者も、同じ夜空を見上げ、同じ花火を見つめていた。それは吉田にとってささやかで幸福な日々だった。

吉田が大震災の直後から行方不明者の捜索に携わっていたのは、本職が潜水士であったからだった。それも、かなり変わった経歴の潜水士だった。ふだんは港湾土木の工事現場で潜水業務をして生計を立てていたが、潜水の腕前を買われ、警察に頼まれた仕事を請け負うことも少なくなかった。

自殺者を港の底から引き上げたり、沼に投げ捨てられた事件の遺留品を捜索したり、溺死者の亡骸を家族のもとへ返してやったりした。いわば、遺体引き上げのプロだといえた。誰にでもできる仕事ではなかった。その分、誤解や偏見も多く、悔しい思いもした。しかし警察から幾度も表彰を受けもした。それは自らを見つめ、遺体から学び、「天命を知った日々」でもあった。

だがその人知れぬ誇らしさも、無意味なものに帰した。大津波はあまりに多くのものを奪っていった。自宅はおろか、閖上の町そのものを押し流し、人々の過去や未来を捻じ曲げ、無数の命をもぎ取っていった。重い空の下だった。いったい自分たちに何が残されたのか、誰にもわからなかった。

「あの時、潜水用のドライスーツを持って避難していれば……」

胸が震えていた。あの日、吉田は避難した先の小学校の窓から飛び込んで何人かを救出した。しかし無力でしかなかった。遠くで助けを求めながら流されていく無数の人々。中には老人や、小さな子どもの姿もあった。何もできなかった。ドライスーツがあれば彼らを救出し、いまも何十人もの人が生きていたはずだった。

「何かできることはないか。きっとあるはずだ……」

それからの数日、吉田は避難所に身を寄せながら奔走した。名取市に捜索参加を申し出、県外の知り合いに連絡して全国から選りすぐりのダイバーたちを揃え、自らも暗い海へと潜りはじめた。

壊れた町。鼻をつく、すえた津波の臭(にお)い。遅い東北の春はそれまでに過ごしたどの春とも違った色合いを帯びていた。

「大変な時ほど、笑わなきゃいけねえ」

避難所で帰りを待つ妻と息子に、吉田は常々思っていたことを言い聞かせた。それは家族を前向きにさせもしたが、底のない悲しみにうなだれる周囲の避難者にとっては、どこか空虚に響いたかもしれなかった。

いずれにしても吉田は自分を奮(ふる)い立たせるしかなかった。そして少ない支援物資で胃袋をごまかすと、次の朝もまた同じ海辺の運河へと向かっていった。

第1章　呼吸する者、しない者

1

遺体の引き上げのことは以前から知っていた。土木潜水の仕事をしていると、いつかそんな仕事を頼まれることがある。普段は警察や消防が行っているはずの仕事が、何かの加減で潜水士に回ってくる。それは潜水士として長らく働いてきた父からも聞かされていた。石巻のダイビングショップの社長は少しばかり別のことを言っていたかもしれない。一度、遺体の引き上げをすると、その後もずっとやらなければならなくなるのだ、と。しかし潜水士になってから十年、吉田浩文にとって、引き上げはいまだ現実のものとはなっていなかった。

その話が実際に回ってきたのは、一九九六（平成八）年頃のことだった。バブルがはじけた後、日本は長い不況のさなかにあった。企業によるリストラも多くなり、自殺者が全国ではじめて三万人を超えようという時期でもあった。仙台港に入水する人の数も増え、その件数の多さに宮城県警の現場警察官たちも手を焼いていた。彼らは引き上げの際に民間ダイバーの手を借りて、なんとか事態を打開したいと苦慮しているところだった。

当時の吉田は、塩竈（しおがま）の桂島（かつらしま）の離岸堤の水中土木工事に従事していた。「出来形（できがた）管理」といって、海中に完成した離岸堤の基礎を写真に収める水中写真撮影が主な仕事だった。

連日現場に出ては潜っていたある日、元請けの会社から「ちょっと車が落ちたので引き上げてくれないか」と頼まれた。それは珍しいことではなかった。以前にも現場の作業中にたまたま海中に沈んでいた車や船が見つかったことがあり、それらを引き上げてきた。

「わかりました」

吉田は深い考えもなく、今日も一日三万二千円ばかりの日当を稼ぎにいくのだ、と軽い気持ちで指定された仙台港の港湾に向かった。

朝八時半に現場に到着すると、岸壁の一角がものものしい雰囲気に包まれていた。消防、警察、港湾事務所の人たちがたくさん集まっていて、なぜかテレビカメラも来ていた。聞けば警察の人間が車ごと海に落ちたという。のちに聞いたところでは、交番勤務の警察官が病気を苦にして自死に至ったらしかった。

吉田は遺体の引き上げをやることになるかもしれない、と考えた。嫌だなと思った。車だけの引き上げで済むのか、それとも遺体も引き上げることになるのか。とにかく早く終わらせたいなという気持ちが募った。

ところが吉田は呼ばれたものの、港湾事務所で長らく待機させられた。警察機動隊が先に潜るという。呼ばれたにもかかわらず待機というのは奇妙なものだったが、機動隊としても民間人に頼る前に自力で解決しようということだったかもしれない。とにかく吉田は人の引き上げが終わった後、車だけ引き上げてほしいと頼まれた。

だが作業はなかなかうまくいっていないようだった。海底に沈んだ車の位置はすでに音波探知機によって水面下十三メートルにあると特定されていた。そのちょうど真上の水面には車の位置を示すブイも浮いていた。にもかかわらず、警察機動隊のダイバー隊は水面を回遊してはちょっと潜り、というのを繰り返している。

「車が移動しました」

「車が動いています」

水面に上がったダイバーたちのそんな報告が聞こえてきた。どうやら海中の視界が悪く、作業が難航しているようだった。のちに聞いたところによれば、その時七人いたダイバー隊員の中には、入隊してまだ三か月だという経験の浅い者もいたという。当時の吉田はまだ二十代後半だったとはいえ、すでに潜水士として十年のキャリアを積んでおり、どうしてこんなに簡単な作業ができないのだろうと思った。

とはいえ一般的には、視界不良の水中での作業というのはそう簡単なものではなかった。特に底質がヘドロの仙台港では、泥を巻き上げてしまうことで視界が極端に悪くなり、ダイバーは上下感覚を失ってしまう。時にはそれがもとでパニックになるということもある。そのため、警察機動隊の潜水部隊の中でもそれなりの経験がなければ任せられない。警察内部にもそのような認識を持つ者がいた。

吉田は昼飯を食い、午後になっても一向に呼ばれなかった。やがて半ば呆れて、居眠りをはじめた。厚手のドライスーツを着たまま岸壁近くの車のタイヤにもたれかかると、春先の陽気が気持ちよかった。

目が覚めた後もまだ呼ばれなかった。吉田がしびれを切らして「もう帰ります」と言いはじめた時、やっと出番が回ってきた。現場の情報は錯綜していて、まだ車の中に人が入っていると言う人もいれば、入っていないと言う人もいた。気の短い吉田は「とりあえず潜ってみればわかる」とさっさと入っていった。

潜ってみるとひっくり返った車の先端が海底に沈殿したヘドロの層に埋まっていた。海水は思ったよりも澄んでいて、青白い顔をした年配の男性が目を閉じたまま逆さになっている様子がよく見えた。その表情はスッとしていて、一見寝顔のようにも見えたが、陸上で見慣れてきたどんな人間の姿とも違う静けさがあった。ゾワッと鳥肌が立つ。「ああ、これか」と思った。吉田は車の対角線に位置する二か所にワイヤーを括りつけ、素早く海面に上がるとクレーンの操縦士に引き上げの指示を出した。警察の判断によって車ごと上げてよい、という指示が出されていたため、遺体を触らずに済んだことは幸いだった。車が水面から上がり、岸壁に逆さのまま置かれると、吉田はその車をひっくり返す作業にも手早く指示を出した。終わってみると作業時間は十五分程度のものだった。

吉田にとって技術的にはさほど難しいものではなかったが、意外にも岸壁にいた関係者の間に「このダイバーはうまい」という評判が広がった。よほど印象に残ったのか、その評判はのちに女川（おながわ）に住む吉田の母親にまで伝わっていった。機動隊員の妻が吉田と同じ女川出身であったらしい。その妻の母親が吉田の母親と世間話になった。

「あんたの息子すごいらしいな。娘の旦那（だんな）が足元にも及ばないって言ってたよ」

2

最初の引き上げの案件を問題なくこなした吉田だったが、その仕事ぶりがスムーズだったためか、いくつか同じような案件が舞い込んだ。その中に夜の海での引き上げというのがあった。それは吉田にとって、身構えるような気持ちになる依頼だった。

自殺者が入水するのは夜の時間帯が多い、ということはなんとなく聞かされていた。だから夜間に引き上げてくれという話もどこかであり得るとは思ってはいた。しかし実際に依頼されてみると、重い気持ちにならざるをえなかった。

「ついに来たか」

単純に夜の海に潜るということに限っていえば、ある程度経験を積んだ土木の潜水士にとってはさして珍しいことではない。もともと潜水土木の現場には潮位の関係で満潮や干潮の時間帯を狙（ねら）うために夜間にしかできない「夜業（やぎょう）」と呼ばれる作業がある。視界が悪く危険度も高くなるため、技術や経験が求められる仕事だった。言い換えれば夜業を任されることは、潜水士としての一つのランクアップを意味していた。

吉田も二十代のはじめの頃、ある冬の夜にはじめて夜業を任された。牡鹿半島の新山浜の水中型枠の据え付けやコンクリート打設作業だった。

その時、吉田は新しい仕事を任せてもらえる嬉しさもあって、勇んで暗い海に潜っていった。危険で緊張感もあったが、それまで見たこともなかった暗い海に不思議な魅力を感じもした。深い闇にライトを照らすと白い光が綺麗に反射して美しかった。作業を始めると自分の動きで水が濁って視界が悪くなり、上も下もわからないような圧迫感に、ぞくっとする怖さを感じた。

寒い夜のことで、海面に上がると澄んだ星空がことさら綺麗に見えたものだった。岸壁に上がると豚汁が振る舞われ、夜業の労がねぎらわれたりもした。それ以来、夜の作業現場と聞くと、通常の昼間の現場とは違った「お祭り現場」のような感じがして、吉田は密かに浮き立つような気持ちになったものだった。

だが、今回の依頼はそんなこれまでの夜業とはわけが違った。遺体の引き上げ作業となれば、暗い夜の海の独特の圧迫感もまったく別のものになるに違いなかった。しかも、今回は一人で潜らなければいけないという。

とりわけ気になったのが、「車よりも先に人を引き上げてくれ」という警察の指示だった。車の中に人が入ったまま車ごと引き上げるか、それとも車の中から人だけを先に出すか。できれば、遺体に触らずに車ごと上げられるに越したことはない。だがそれを判断するのは吉田ではなく、現場ごとに指揮を執る警察、または海上保安部の裁量に任されていた。

　現場における判断とは、たとえば以下のようなものだった。まず人が落ちて間もない場合は蘇生(そせい)の可能性を考慮し、人だけをいち早く上げなくてはならない。心臓や呼吸停止後や大出血後の死亡率の目安を示す「カーラーの救命曲線」によれば、呼吸停止から二十分以上が経過すれば生存の可能性はきわめて低くなる。その意味では、人が海に落ちた事案で「人命救助」が現実のものとなる可能性は高いとはいえなかった。どんなに早くても通報から引き上げまでに数十分はかかってしまうことも少なくなかったからだ。だがそれでも入水直後の引き上げの目的は、あくまで落水者の「救助」であり、人を上げることが第一となる。

　一方で「車ごと上げてほしい」という依頼も中にはあった。通報があった日には見つからず、後日見つかったなどという場合は、優先順位が変わることもあったかもしれない。特に現場を検証する立場からすると、なるべく手をつけずに保存したいという思いも働く。詳しく調べ、自殺なのか事件なのか、事故なのかを判断する必要があるためだ。

　たとえば自殺者がハンドルに自らの腕を縛りつけて入水した場合、人だけを先に上げると、潜水士が引き上げの際にハンドルに結ばれた腕を解(ほど)く必要がある。だがそれでは現場の検証に必要な証拠が損なわれてしまうのだ。そこで遺体に手をつけずに車ごと上げてほしい、という要望が現場に通達される。

　あるいは、人だけを先に引き上げようとしても、ドアが開かなかったり、窓を壊してもどうにも人だけを引っ張り出すことができないということもある。そうした理由から最終的に「車ごと」という指示になることもあった。

反対に車ごと遺体を引き上げることによって遺体を損傷させてしまう可能性のある状況では、やはり車とは別に遺体を先に引き上げなくてはならない。

この日、吉田が警察から受けた依頼では、人が海に落ちてからすぐの通報だったため、生存の可能性を考慮して先に人を引き上げてくれということだった。ただ名目はあくまで救助であっても、現実的な生存の可能性は低いと思えた。それはこれから始まる潜水が人命救助ではなく、遺体の回収になる可能性が高いことを意味していた。吉田は憂鬱(ゆううつ)な気持ちになった。


現場には消防が焚(た)いた投光器の光の下、海面に一つのブイが浮いていた。ブイは事前に海上保安部の担当者が船上から音波探知機によって場所を特定し、目印として置いたものだった。

「その下を潜っていけば車がありますんで」

覚悟を決めて潜るよりほかなかった。ドライスーツに身を包み、ボンベを背負うと海に入った。海中は暗く、投光器の光もあまり届いていなかった。水中ライトをつけると、暗い水の中に青白い光の帯がぼおっと浮かび上がった。海底に達した時に顔をぶつけてしまわないように、手をかざしながら水底へと降りていく。指の間を夜光虫がきらきらと輝きながらすり抜けていき、やがて暗闇に消えていった。

海底に着き、ライトでそっと照らすと、ハッチバック式の車がひっくり返ったまま海底のヘドロに刺さっていた。近づいた時、思いがけず狼狽(ろうばい)したのか、誤って車体に頭をぶつけてしまった。いつもならあるはずのないミスだった。

吉田は逆さになった車体の後部からそっと中を覗(のぞ)こうとした。遺体と目が合ってしまうのを避けるため、まずは後ろから覗いて様子を見ようと考えたのだ。だが、おそるおそる覗いた瞬間、逆さになった遺体の顔が目の前に飛び込んできた。半眼を開けた初老の男性。口から泡のようなものを出している。青白い、虚空の表情だった。

予想に反して遺体はフロント座席の間で後ろ向きになっていたため、正面から相対することになったのだ。吉田はひるみ、しばらくのあいだ車の周りを回遊していた。服を摑(つか)めば引っ張り出せるだろうか、いや、それではやはりうまくいかない。腕を摑もうか、足を摑もうか、あるいは胴体を摑むべきか……。ボンベの空気音がシューシュー、ゴボゴボと鳴った。

考えた末、ゆっくりと手を伸ばし、遺体の手首をそっと摑んでみた。するとまだ人間としての柔らかさがいくらか残っていた。その生々しさが予想外の衝撃であったためか、そのまましばらく動けなくなってしまった。そして一度摑んでしまうと、なぜかその手を二度と放してはいけない気がした。

やがてその手首を少しずつ引いてみると、関節は曲がりにくく、重いことがわかった。すでにある程度の死後硬直が始まっているようだった。そのまま遺体をそっと車の中から出すと、背中から抱え込むように抱いた。一度触ってしまうと、それが遺体であることもさほど気にならないようにも思えた。遺体は意外なほど軽く、ほとんど重さを感じさせなかった。まるで水を含んだ枕か何かを抱いているようだった。そのせいか、車から出すと腹や腰に手を添えるだけで、自然と海面に向かって浮き上がっていった。

ゆっくりと浮上するあいだ、吉田の鼻先で遺体のシャツの襟(えり)がひらひらと揺れた。やがて水面に顔を出すと、遺体は一気に重くなった。重力によって人体本来の重さがのしかかってきたためだ。岸壁まで泳ぐのも一苦労だった。待機していた海上保安部の船に引き渡すのにも骨が折れた。終わってみると数十分の時間でしかなかった。だが、いつにないけだるい疲れがどっと出た。

後年、吉田は幾度となく遺体の引き上げを繰り返すようになり、遺体への抵抗は少しずつなくなっていった。だがそれでもはじめて遺体を触った時の独特の感じは、吉田の中に意外なほど長く残り続けた。

生きている人間に触るのはたやすいことだった。死んだ動物の肉を毎日のように食べてもいた。だが死んだ人間に触ったという事実は、そのどれとも違った感触を吉田の肌に残した。

3

それから何度か車の引き上げなどを手伝っていたある日、吉田は現場で顔なじみになった警察官の市川哲彦(いちかわてつひこ)から「話がある」と、港湾事務所に呼ばれることになった。事務所を訪ねてみると港湾関係者と警察と消防の面々が集まっていた。

「実は……力を貸してほしいのです」

聞けば、現状の体制だと夜間に人が落ちても、次の日の朝か昼にならないとダイバーを手配できない。そこで二十四時間引き上げに対応できるダイバーがほしいのだという。

飛び込みの事案が増えていた仙台港の雷神埠頭（らいじんふとう）、中野埠頭、高松埠頭のあたりは、フェリーや大型船などのための重要な発着場所だった。人が落ちれば、次の船が入ってくる前に素早く引き上げなければならない。もし引き上げる前に船が入ってきてしまえば、車ごと船底に潰（つぶ）されてしまう。何より接岸する船を傷つけてしまえばさらなる大事故につながりかねない。夜間であろうと、とにかく迅速な引き上げが求められていた。

それらを引き上げるのは本来、警察や海上保安部などのダイバーであったが、夜間、彼らにはそれができない理由もあった。たとえば警察が動くには、要請を受けてから現場に出動するまでに、手続き上どうしても時間がかかってしまう。悪天候などによっては出動が見送られるケースもあった。民間のプロダイバーであれば、これらをクリアし、迅速に対応できると期待されていた。

海上保安部については、ダイバー隊が組織されていて、夜間に潜る体制も整っていた。しかしやはり出動できないこともあった。第二管区海上保安部が管轄する東北六県で、当時ダイバーが七〜八人、機動救難士を含めても十五〜六名という体制だった。ダイバーが別の現場に出ていたり、船で沖に出ていたりすると、迅速に現場に向かうことはできず、やはり別のダイバーを必要とした。

加えて重機の問題もあった。引き上げに使うクレーンなどの重機は海上保安部や警察、消防のどこも出すことができなかった。そうなるとこれも民間の業者に頼まなければならない。

こうした背景から、それまでにも民間ダイバーに要請がかかるということはあった。だが個別案件ごとに依頼をかけてはその場しのぎをしているという状況だった。そこを半ば専属のようなかたちで毎回協力してもらえないか、というのが警察官や港湾事務所員たちの要望だった。それだけ案件が急増しており、彼らとしてもなんとか打開策を見出そうというところだった。

吉田は話のあらましを聞いて、意外に思った。引き上げに関しては民間人の自分より、警察や消防のほうが現場経験も多く、腕は良いだろう。そんな考えが長らくあった。だから依頼を受けたとしても、ちょっとした補佐として入るくらいのものだと軽く考えた。

「わかりました。いいですよ」

遺体を扱うことに関してはやはり気が進まなかった。それでもたった数十分程度の時間で終わるのだし、夜中に人が落ちるということもそうたくさんはないだろう。せいぜい年に一度か二度くらいのことに違いない。そう思っていた。


しかしそれからというもの、吉田の想像に反して夜間に頻繁に電話が鳴るようになった。ほとんどが仙台港の岸壁から人が海へ落ちたので引き上げてほしいというものだった。中には事故もあった。仙台港の岸壁は当時、誰でも入れるようになっていたため、夜になるとデート中の若者や釣り人がよく訪れた。ブレーキとアクセルを間違えて落ちてしまったという人や、釣りをしていて誤って海に落ちたという人。あるいはローリング族と呼ばれる若者が集団でドリフト走行をしているうちに誤って海に落ちてしまったということもあった。

だが大半は自ら海に飛び込んで自殺を図るというケースだった。人が海に落ちる時間帯は夜の十時から朝方四時までの間が一番多く、のちに吉田は年間三十件、多い時には一日に三件も引き上げを頼まれることさえあった。夜に「落ちた」という電話があり、引き上げて朝帰ろうとしたら再び「落ちた」と連絡があり、その夕方に「また落ちた」という連絡が入ったのだ。文字通り寝る暇もなく引き上げ作業に従事しなければならなかった。

この頃の吉田は、次々と人が海に落ちて自殺することに対して怒りに近い感情を抱いていた。

「人は死ぬ気になればなんでもできるはずだ。自ら死んでしまうなんて精神的に弱かったのだ。だらしない」とすら思っていた。それに死ぬにしても海で死ねば捜索や引き上げに金も手間もかかる。一人でそっと首を吊ればいいところを遺族にも迷惑をかけて……。吉田は次々と上がる遺体を目の前にして、死というものをどこか他人事のように捉えていた。少なくとも当初は、やむを得ない事情で亡くなってしまった人々に同情して、なんとか力になってやりたいという気持ちは皆無に近いといえた。

にもかかわらず、吉田は夜中に電話が鳴っては引き上げをするということに、奮い立つような気持ちで臨んでいた。それは正義感や同情心といった死者に向けられる思いというよりは、もっと個人的な理由、すなわち潜水士の家系に生まれた吉田ならではの、焦りや葛藤に端を発していた。

吉田の一家は祖父の代から潜水業を営んでいた。吉田の祖父は熊治(くまじ)といい、千葉県の南房総(みなみぼうそう)、白浜(しらはま)の野島埼(のじまさき)灯台の近くの砂取(すなとり)という小さな港町の生まれだった。戦時中は戦艦のドックで船体の補修、修理の潜水作業員として従事した。終戦後は、潜水の技術を活(い)かし、宮城県の職員として女川漁港事務所に検査の潜水士として派遣された後、民間の潜水会社に移った。

熊治が女川に移り住んだ頃は、なにしろ潜れる人間が少なく、当時の女川港一帯の海中工事は熊治がほとんど一手に引き受けた。それもあって熊治は県内でも指折りの潜水士として界隈(かいわい)では有名になっていった。

吉田が潜水士になりたての頃、年配の潜水士たちは口々に言ったものだった。

「吉田といえば、熊治さんという人にお世話になったなあ」

熊治は、肩で風を切る海辺の男たちの間でも「いい人だったんだ」と評判であったらしかった。吉田としてもそのことが誇らしかった。

吉田の父、浩(ひろし)もまた熊治の後を継いで女川の地で潜水の道に進んだ。中学校を卒業して熊治のもとで修業を始め、一時期はカツオ船に乗って遠洋漁業に出たりもしたが、その後は土木潜水の業界に戻り、その道を極め、技術者としての評判を得ていた。

吉田は若い頃からそんな父、浩と同じ海に潜る度に思うのだった。「親父の技術の高さには到底追いつけないな」と。

その技術の差は、たとえば作業スピード一つとっても如実に表れた。当時現場で多用していた潜水様式には足ヒレをつけて泳ぐスキューバ式と、鉛の靴を履いて海底を歩くヘルメット式があった。一般的には、水中では歩くよりも足ヒレをつけて泳いだほうが速い。だが、吉田が足ヒレをつけて泳ぐスピードと、浩が鉛の靴で海底を歩くスピードがほぼ同じだった。吉田の動きが特に緩慢だということはなく、むしろ平均的なダイバーよりも動きはいくらか良いのではないかという自負があった。

　だがそれでもそれだけのスピードの差が出るのは、浩の動きが抜きん出て素早いからだった。単純に海底にブロックを並べるという作業をした場合でも、吉田が五つのブロックを並べる間に、浩は十近いブロックを並べてしまうという具合だった。

　その浩によく言われた。

「おめえのじいさんは俺(おれ)よりも速(はえ)えぞ」

　吉田は現場の年長者から父や祖父と比較されることも多く、「親の七光りだ」と揶揄(やゆ)されることもあった。そしてそんな祖父や父たちに見劣りしないためにはどうすればいいのかと思い悩むこともあった。しかし、潜水の技術の差は、一朝一夕(いっちょういっせき)には埋まらない……。

　やがて吉田は、父や祖父と違うことをやらなければ、他人は認めてくれないだろうと思い至った。人のやりたがらないことをやっていくしかない。潜水技術そのものよりも、精神面で勝っていくしかない。

　吉田を遺体の沈む暗い海へと駆り立てていたのは、死者に対する同情というよりも、潜水士としての劣等感や反骨精神であった。少なくともある時期までは。

遺体の引き上げの仕事を引き受けることによって、吉田の生活パターンも大きく変わっていった。それまでに請け負っていた昼間の水中土木の仕事はほとんど手につかなくなった。この頃すでに独立をして会社の経営にも携わっていた吉田だったが、夜中に仙台港で引き上げに従事すると朝方に帰ることになり、それから眠ると、昼間の出社ができなくなった。昼夜逆転の生活が数日続き、数日かけてそれを徐々に戻していくという変則的なサイクルが始まった。

好きだった酒も飲めなくなった。いつ引き上げの依頼の電話がかかってきても即座に車で現場に向かえなくてはならないからだ。それは吉田にとって我慢を強(し)いられる日々だった。

遺体を引き上げる仕事には想像以上に厳しい光景がつきまとった。川で落ちた遺体などは水流によって流されていくうちに、全身が岩や川底にぶつかってしまう。そのため、悪くなったバナナのように黒ずんでしまったり、関節が折れてピカソの絵のようにおかしなかたちになったものもあった。ガスが発生して臭(にお)いがきつかったり、関節から先がないということも少なくなかった。

また何年ものあいだ行方不明のままになっていた人の遺体も吉田を悩ませた。古い遺体は水中で腐敗が進み、溶けて崩れ落ちた。手足や頭がなくなっているものもあった。かろうじて残った肉の部分には、ウニやつぶ貝やヒトデがびっしりとついているということもあった。そんな遺体を引き上げようと摑むと、溶けて濡(ぬ)れた石灰の固まりのようになった人肌がぬるりとそげ落ち、指の間になんともいえない嫌な感触が残ったりもした。

遺体に向き合うということは、吉田が思っている以上に強烈な体験であるらしかった。とりわけ遺体の顔は、忘れようとしても忘れることができなかった。無表情といっても生きている人のそれとはどこか違っていた。顔の筋肉が弛緩（しかん）しているせいか、あるいは水の中であるせいか、独特の虚無が漂っていた。

水中での遺体との対面はわずか数十分のものでしかない。その間、できることなら顔を見ないで作業するに越したことはないし、実際に背中から回り込んで抱えることで遺体の顔をほとんど見ずに済むことも何度かあった。しかし、それができなければ、どうしても遺体の顔が視界に入ってしまう。するとその虚無の表情がデスマスクのように、そのまま吉田の脳裏に焼きついた。

それによって、何十という遺体を引き上げた後も、吉田ははっきりとその死に顔を思い返すことができた。あるいはそんなふうに他人の死に顔をたくさん見続けたためだろうか、日常生活の中でふと他人の顔を見て、「この人が死んだらこんな顔になるだろうな」と頭の中でぼんやりと思うこともあった。

世間の目も変わった。仙台の国分町（こくぶんちょう）で飲み会があった時だった。友人の一人が吉田のことを紹介した。

「この人ダイバーで捜索とかしていてさ。警察に協力して遺体の引き上げとかしているんだよね。なあ?」

友人はどこか面白がっているようだった。もの珍しさから、場がひとしきり盛り上がってしまった。すると、隣の卓で飲んでいた知らない客が横から割って入ってきた。

「そういう話はさ、気持ち悪いからやめましょうよ。楽しく飲んでいるんだからさ」

吉田は「すいません」としか言えなかった。結局それが世間の目というものだった。居酒屋で刺身や唐揚げと称して死んだ動物を食っておきながら、人間の話だけはやめてくれ、というのだった。そうして吉田の仕事は少しずつ「人に言えない仕事」になっていった。

4

一年も経たないうちに、十数件の引き上げに従事すると、吉田の精神も徐々に蝕（むしば）まれていった。遺体の引き上げ現場の緊張感が思いがけず尾を引いたのか、日常のふとした瞬間に作業の情景がよみがえってくることがあった。

たとえば、引き上げ作業を終えて帰宅した際に、「パパー」と言って抱きついてきた幼い息子の腕のかたちが水中に沈む遺体のそれとそっくりだったということがあった。あるいはタクシーに乗り、後部座席に座って運転手と話をしていると、その運転手のうしろ姿が車ごと海中に沈んだままの男性にオーバーラップしたということもあった。フラッシュバックというやつだった。

仕事に支障をきたすほどではなかったが、鳴ってもいない電話の音が聞こえたり、家の寝室で寝ていたにもかかわらず朝起きたらどこにいるのかわからない、という自失の念に苛（さいな）まれることもあった。

吉田の日常に引き上げの風景が繰り返し現れたのは、作業日誌のせいもあったかもしれない。引き上げを専属で頼まれることになった時から、後々のためにと思ってその日の現場の様子をノートに綴るようになった。電話を受けた状況、準備、到着現場で受けた報告内容の他、逆さになった車や、ハンドルに手を縛られた運転手の様子などを書いていった。それらを一つ一つ思い出しているうちに、死んだ人は直前にどんなことを考えていたのだろうなどと、思いが巡ってしまう。すると気持ちが昂って眠れないまま、死者の表情が長く脳裏に残った。


鮮烈な情景は、とりわけ夢の中にも色濃く現れた。夜中に悪い夢を見てうなされては目を覚ますということが多くなった。そしてその悪夢は決まってだいたい同じ内容だった。それはこんな夢だった。

警察からの電話で引き上げの依頼を受けて潜水道具を揃え、「行ってくるから」と妻に言い、車に乗り込む。夜の道を港に向かって走り、やがて街灯がぼんやりと灯る仙台港の岸壁に到着する。水面に揺れるオレンジ色の光。大きなサイロの黒い影。いつもの警官が声をかけてくる。

「吉田さんお願いします。ごくろうさん、寒いのにね」

吉田と警官のサーチライトが二つ揺れる。

「気をつけて行くんだぞ」

「わかりました。じゃあ、行ってきます」

岸壁からどぼんと飛び込み、泳いでブイに掴まり、すーっと潜る。深度が増し、闇が深まる。やがて海底に沈んだ車の位置を確認すると、持っていたサーチライトを自分の肩にはめ、車のドアを開けて中に入る。

運転席には半眼を剝いてだらりと座っている男性がいる。シートベルトを外そうとすると、男性の腕が急に伸びて吉田の腕を掴む。驚いた吉田が腕を振り払う。引き返そうとすると闇の中からたくさんの腕が出てくる。腕は吉田の肩や腕や足を掴み、車の中に引きずり込もうとする。子どもの手や大人の手、指輪をしている手もあれば女の人の手もある。吉田は水中ナイフを振りかざし、それらの腕を切り裂こうとする。さらに無数の腕が次々と現れ、ドライスーツやベルトやボンベを引きはがそうとする。もがきながら恐怖がピークに達して目が覚める。隣で妻が「どうしたの」と目を覚ます……。

うなされるような悪い夢を繰り返し見たのは、実際に似たような出来事があったからかもしれない。沈んだ車の中から男性の遺体を出そうとした時のことだった。男性の身体の前を横切って、右手でシートベルトのロックを外そうとした時、ハンドルを握っていたはずの男性の手がゆっくりと動き出して吉田の顔にぺたっとついた。ゾッと鳥肌が立ち、身構えた。

もちろんそれは単なる偶然だったのだろう。吉田が吐き出した空気の泡や、作業によって動いた海水の流れが、何かの加減で遺体の関節を動かしたのかもしれなかった。いずれにしても暗い水の中での恐怖が、知らぬ間に吉田の中に澱のように溜まっていき、かたちを変えて繰り返し夢の中に現れた。そしてそんな緊張が続いたためか、床についても夫婦間の営みがなくなり、妻に浮気を疑われたこともあった。

5

悪夢を見ることと時を同じくして、吉田は奇妙な体験をすることになった。それは夢の中ではなく、実際の捜索現場で起こった。捜索の合間に突然一人で笑い出してしまうのだ。それは決まってあるタイミングで起こった。依頼を受けて潜り、遺体を引き上げて浮上する。岸壁に上がってドライスーツを脱ぐ。そして作業が終わって我に返った時に、なぜか急に笑いが込み上げてくるのだった。人気(ひとけ)のない岸壁の上で、一人声を出して「へへへ」と笑う。特段何かがあるというわけでもないのに、テンションが急に上がってきてしまう。はたで誰かが見ていれば気味の悪い男だと思われかねない状況だった。

しかもそれは一度や二度のことではなかった。間の悪い時には岸壁に遺族が来ているところでそのような笑いが止まらないことも何度かあった。決して死んだ人を馬鹿にして笑っているわけではない。何か面白いことがあるわけでもない。にもかかわらず笑いが込み上げてしまう。どうしても笑いが止まらないと思った時には、自ら誰もいない物陰に移ったりしたこともあった。

港湾関係者や警察官は、そんな吉田の姿を見てもはじめのうちは何も言わなかった。一つにはもともと吉田が周囲からかなり変わった人間だとみなされていたこともあったかもしれない。休日に緊急要請があれば、派手なスポーツカーに乗って捜索現場に現れ、場合によっては助手席に若い女性を乗せていたりもする。加えてたいていの場合は早口で異常にテンションが高く、何かにせっつかれるような独特の雰囲気を放っていた。吉田が多少奇妙な笑いを浮かべたとしても、全体の奇抜さの中に埋もれてしまったかもしれない。あるいは多少いぶかしく思ったとしても、吉田に捜索の協力を依頼している手前、周囲も遠慮したということもあったかもしれない。ただ、何回か続いた頃に吉田は叱られることになった。

「吉田さん、なんで笑うの？　笑うところでねえんでねえの。不謹慎でねえの」

自分でもなぜ笑うのかよくわからなかった吉田は、「ああ、すいません」と謝ってその場を切り抜けた。もちろん吉田にも引き上げの現場で笑うことが不謹慎だということはわかっていたし、次は笑わないようにしようと心に決めたこともあった。

しかし、不思議と次の現場でも吉田は同じように笑っていた。止めようとしても止められず、あくびのように自然と出てしまうのだった。それは実に不思議な感覚だった。

そうした不可解な笑いが続くうちに、吉田は頭の片隅であることをぼんやりと考えはじめるようになった。これは安全弁のようなものではないか。つまり、損傷のひどい状態の遺体を前にした時、恐怖心に引っ張られて動けなくなってしまうことを、笑うことでかろうじて回避しているのではないか、ということだった。きっとパニックになりそうな心がバランスを保つための、自然な機能に違いない。究極の恐怖を回避し、精神を守るセーフティ機能。そう考えれば、不謹慎だと言われても笑いが出てしまうことや、どこかで笑うことが正しいと感じていることも自分の中で説明がついた。一見不謹慎だが、笑いはむしろ遺体を引き上げるのに必要なプロセスの一部に違いない……。

容易には理解されないだろうその「発見」はしかし、吉田の孤独の深さを示してもいた。

それからというもの、吉田は次第にこの笑いに積極的な意味を見出していくようになった。現場で遺体を引き上げる時に、自ら笑いをつくり出しはじめたのだ。それは吉田独自のユーモアと呼び代えてもよかった。たとえば真っ暗な水の中でわずか数十センチの距離に遺体を発見した時、吉田は小さな子どもがぬいぐるみにでも話しかけるように心の中でつぶやくことがあった。

「なんだ、君、こんなところにいたの。ここだったの、早く言ってよねえ、もう」

そうすることで恐怖におののく気持ちや逃げ出したい気持ちを正常に戻し、そこから先の数十センチの距離を縮め、近づいていくことができた。それはいわば自分で自分に暗示をかける自己催眠のようなものだった。現場数を重ね、引き上げの現場で笑いが出てくることを経験するうち、遺体の引き上げに関する恐怖心も和らいでいく気がした。そして次第に吉田はこの考えに自負を持つようになっていった。

不謹慎だと言われることは多々あった。確かにそれは認めねばならないことでもあった。ただ吉田の笑いは一般的な不謹慎さとは一線を画していたといえなくもない。いわゆる一般的な不謹慎さとは、遠い場所から見知らぬ他人の死を軽んじる態度から発するものであった。だが吉田の笑いは、むしろ近づきすぎてその死の重さに押し潰されんとする自分を防御する意味合いを含んでいた。

後年、吉田は笑いについてある専門家の話を人伝(ひとづ)てに聞くことになった。極度のストレス下ではベータエンドルフィンという脳内物質が出て、多幸感をもたらすというのだ。その話は、どこかで遺体を引き上げて笑いが出てしまうこととつながっている気がした。

ただそんな偉い先生の理論は、ある意味でどうでもよかったといえた。裏づけのあるなしにかかわらず、吉田は笑うことで引き上げ作業を乗り切ってきたし、また笑うことでしか乗り切ることができなかった。それは遺体を前にした吉田がひねり出した、なけなしの一手だった。

6

以来、吉田は人の死の隣に笑いを持ってくるということを積極的に意識するようになった。現場で意識的に笑ったり、遺体の捜索現場での出来事を面白おかしく周囲の関係者に話すことも多くなった。現場に携わる警察官や港湾関係者も自分と同じように遺体に対する恐怖が少なからずあるはずだと考えていたからだ。

吉田がそのようにして周囲に話していた捜索の話の中には、「ミニスカートの話」や「伸びたおばあさんの話」というのがあった。吉田はことあるごとにそれを話し、関係者と一緒になってよく笑ったものだった。

「ミニスカートの話」はこんな話だった。ある時若いカップルが間違って車ごと海に落ちてしまった。その現場を友達が見ていて通報し、警察から吉田に声がかかった。

潜ってみると男性は車の中からすぐに見つかった。女性はロングブーツにミニスカートを穿(は)いた美人で、なぜか後部座席にいた。亡くなっているとはいえ、吉田は女性に対して気を遣わなければならないと考えた。慎重に遺体を動かそうとしたが、ロングブーツと一緒に誤ってひものようなものを引っ張ってしまった。それは女性がつけていた下着のひもで、吉田が動かした拍子に下着が全部取れてしまった。

遺体のミニスカートが緩やかな水流によってペラペラとめくれているのを見て、なぜか悪いことをしているような気がした。直さなければいけないと思ったが、再び下着をつけようとしてもドライスーツの手袋が邪魔で蝶(ちょう)結びができなかった。

仕方なく解けたひもを適当に結びなおしてそのまま女性を引き上げることにした。だが水面に上げた瞬間に水の勢いで下着ががぼがぼと脱げてしまった。岸壁にいた婦人警官に「あっ、ちゃんと隠したまま上げてください」と言われたが、吉田は「できるわけないじゃないか」と内心思った。遺体に毛布をかけはしたものの、婦人警官に「吉田さん、これ、最初からこういう状態だったの？」といぶかられた。吉田はしどろもどろになって「すみません」と答えるのがやっとだった……。

「伸びたおばあさんの話」も吉田がよく人に語る話だった。それは男性とその老父母の三人家族が海に落ちてしまった時のことだった。その時、吉田は義理の弟にあたるダイバーと一緒に潜っていた。吉田が息子の男性を、義理の弟が父親を引き上げ、つつがなく最初の二人を終えた。そしてあたりが暗くなってきた夕暮れどき、母親を引き上げる作業に取りかかった。

義理の弟が最初に潜り、吉田も後から続いて潜った。海中はうっすらと濁っており、夕方になったこともあって視界が悪くなりつつあった。吉田は手探りで後部座席の遺体の足を摑み、引っ張った。しかし遺体はなぜか出てこなかった。

「あれ、おばあさんなかなか出てこねえな。出たくねえのかな？」

仕方なく吉田は体勢を変え、ドアの両脇に足を固定して両手で思い切り引っ張った。やがてぐいぐいやっているうちに、濁っていた水がきれいになり、視界が晴れてきた。すると義理の弟も反対側から遺体の腕を持って、吉田とまったく同じ体勢で踏ん張っていた。遺体は腕と足をそれぞれ反対側に引っ張られ、ぴんと伸びてしまっていた。

「おばあさん、伸びちゃって。おまえ、引っ張るなよ」

「お義兄（にい）さんだって引っ張ったじゃないですか」

「いやあ、まずかったなあ」

はたから見れば不謹慎に違いなかった。しかし、中には一緒になって笑う人もあった。むしろ笑いの対象がタブーに触れていればいるほど、現場に一体感をもたらすようでもあった。ただ、一緒に笑っていた仲間がなぜ笑っていたのか、吉田にも本当のところはわからなかった。吉田が考えるように人の死を日常的に扱う人々の防衛本能であったかもしれないし、ただ単に感覚が麻痺して知らぬ間に他者の死を軽んじるに至ったのかもしれなかった。あるいはその境目などありそうでなかったのかもしれない。いずれにしても、次々に引き上げを行わなければならない吉田にとって、笑いは正常な心の機能を保つために必要なものになっていった。

　こうして笑いを積極的に取り入れることで、吉田はかつて身構えるような恐怖感を抱いていた遺体との距離感を、うまく摑むことができるようになりつつあった。それは遺体のある風景を自然なものとして受け入れることができるようになっていったということでもあった。

　岸壁で遺体の搬送車両の到着を待つあいだ、港湾事務所の担当者にコンビニ弁当や牛丼を買ってきてもらい、遺体を見守りながらそれをかき込む。あるいは遺体の横で朝がやって来るまでのあいだ、しばしの眠りにつく。そんなことにも徐々に慣れていった。

　慣れる、という意味では引き上げ現場のチームワークも次第に良くなっていった。現場ではいつも警察、消防、海上保安部の面々が集まって協力しあってはいたが、もともとは誰が何を担当するかというのは曖昧なものでしかなかった。みんなでどうにかこの事案を解決しましょうという程度だった。しかし現場を重ねるうち、いつしかそこに流れのようなものができつつあった。

　消防が現場を照らす投光器を提供し、海上保安部はダイバーの負担を減らすために小型の船を出してセンサーで海上から車の位置を特定し、ブイを落とす。吉田が潜って遺体を引き上げ、沈んだ車の適切な位置にワイヤーをかける。ワイヤーを引き上げる重機のオペレーションは、吉田と同じく民間業者の熟練操縦士が担当した。そして引き上げられた車を警察が確認し、事件性の有無を判断する。警察との連携といえば、吉田が急いで現場に向かう際、緊急車両とみなされて、警察から速度超過を大目に見てもらったこともあった。

現場では吉田も潜水士としての潜りの職人芸を披露したが、周りも負けてはいなかった。海上保安部の担当者は、周囲が驚くようなスピードで港内に船を走らせ、ソナーを使って車の落ちた場所を素早く特定した。さらに目印のために打ったブイの重りが、毎回水中の車のボンネットや屋根の上にピタリと乗っかっていて、潜った吉田はもちろん、周囲もその正確さに舌を巻いた。

現場にやって来る面々も毎回同じだったから、互いに心得たもので、仕事もどんどん早くなり、結束のあるチーム体制のようなものができ上がった。それはまたこの時期にいかに自殺の案件が集中していたかを示してもいた。

7

笑いを取り入れ、捜索作業との距離感をつかむことができるようになった頃、吉田は潜水士としてはすでにそれなりの数の引き上げ経験を積んでいた。県の警察界隈でも名を知られるようになり、次々と依頼も増えていった。

宮城県内に行方不明者の捜索と引き上げができるダイバーは吉田の他にも数人いたが、二十四時間動けるダイバーはその中で限られていたこともそれを手伝った。他の潜水会社では経験豊富なダイバーは重役、専務となって現場には出ないことが多かったが、吉田は会社を経営しながら自ら現場に出ていた現役ダイバーでもあったため、警察としても頼みやすかったのかもしれない。

引き上げの腕前を買われるようにもなった。吉田に一目置いていた市川哲彦からある時、頼みごとをされたことがあった。

「うちの機動隊と合同訓練を行って、技術を伝えてもらえませんか」

当時はそれくらいの技術の差があったと、少なくとも市川の目に映ったのだろう。吉田が了承し、市川はその話をそのまま機動隊に持って行った。ただし機動隊側からは意外な反対意見が上がった。

「民間の人とうちらでは、救助や捜索の目的が違いますから。お金もらってやっている人と一緒に訓練というのはちょっと違うんじゃないかと」

つまるところ警察機動隊にもそれなりのメンツがあったということだった。そのため合同訓練の話は流れてしまったが、吉田の技術が一目置かれていることには変わりがなかった。

頼られるという意味では、吉田は密かに他のダイバーのメンツを立てるような役を引き受けることもあった。

それは仙台港中野埠頭での出来事だった。人が海に落ちたとの通報があり、現場に駆けつけた吉田は、この時、ある三人の公務員ダイバーと一緒に潜ることになった。そこまではよくあることだったが、この時いつもと違っていたのは、岸壁にマスコミが来ていたことだった。捜索風景を何かの番組に使うのか、カメラを回し、レポートのようなことを始めていた。通常、捜索現場は機密性の高いものだが、稀にどういうわけか現場を嗅ぎつけて彼らがやって来ることがある。

吉田たちはそんな彼らを尻目に捜索を開始した。現場にはいつものようにあらかじめ音波探知機をかけて沈んだ車の位置が特定されており、その上にブイを浮かせてあった。公務員ダイバーは三人のうち一番腕のいい熟練ダイバー以外の二人を水面に残し、熟練ダイバーと吉田が一緒に潜ることになった。水面に残った二人は、どうやら捜索経験に乏しいようだった。

だが潜水を開始し、水面下三メートルくらいのところまで潜ると、熟練ダイバーがふと途中で潜るのをやめた。見ると顔の前で軽く手を振っている。

「すいません。私、行けない」

そんなジェスチャーだった。さらに「ここで待っていていいか」という合図を加えてくる。嫌な作業だからなるべくやりたくないのだろうか。あるいは単純に技量の問題だったかもしれない。それも水面の上で言えばいいものを、部下たちがいる手前、やはり言い出せなかったに違いない。

「いいですよ」

吉田は合図をすると、熟練ダイバーを水深三メートルの場所で待たせて一人潜っていった。そしていつものように車から遺体を引き上げると、水深三メートルのところで待機している熟練ダイバーに遺体を渡した。熟練ダイバーは残り三メートルを遺体とともに浮上し、水面で待っていた仲間と遺体を岸壁に上げた。つまり、岸壁から見えるところだけ、彼らがやったのだ。熟練ダイバーは岸壁で待っていたテレビクルーの取材に、あたかも自分が引き上げたかのようにふるまっているようだった。一方で吉田はカメラのフレームから外れたところで残った車を黙々と引き上げた。そしてすべてが片づいた後、熟練ダイバーが申し訳なさそうに挨拶に来た。

「吉田さん、今日はありがとうございました」

吉田は自分が頼られながらも、影に徹することを求められているのだとわかった。公務員の大きな組織のメンツのことを考えれば、テレビカメラの前ではいたしかたないところではあった。そんなふうにダイバー隊たちから一目置かれ、現場で頼られれば吉田としても悪い気はしなかった。

それに吉田にはできれば経験の少ないダイバーと潜るのは避けたいな、という本音もあった。というのも経験の少ないダイバーはどうしても水中での無駄な動きが多くなってしまうのだ。

潜水を覚えたてのダイバーは、基本的にはヘッドファーストといって、足ヒレを動かした時の推進力を利用して頭から潜っていく方法を用いる。しかし、この方法だと足ヒレをばたつかせなければならない。どうしても海底の砂や泥を巻き上げ、少なくとも数分間は視界が悪くなってしまう。それは水中での作業効率が落ちることを意味していた。

だが潜水の経験を積んでいくと別の方法を習得することができた。足ヒレの動きではなく、潜水服の内部の空気量をバルブで調節し、浮力をコントロールすることによって水中での潜行と浮上が可能になる。これによってあたかもスカイダイバーが空を降りていくように、静止体勢を保ったまま深度を調節でき、クリアな視界を確保できるというわけだった。

捜索だけではなかった。海上保安部に協力して、大掛かりな人命救助に携わったこともあった。二〇〇一年（平成十三）の元日のことだった。発達した低気圧が接近する中、乗客百九十人以上を乗せた大きな観光船が鮎川（あゆかわ）から金華山（きんかさん）に向けて出発した。初日の出を見るためのフェリーツアーだった。しかしフェリーはほどなくして強風に流され、湾内の養殖筏（いかだ）に乗り上げた。スクリューがロープに絡んで動かなくなってしまったのだ。海上は大しけで波の高さは三メートルから四メートルに達していた。当初警察と海上保安部、別の潜水会社の潜水士が現場に入り、船の救出を試みていた。だがどうしてもダメだということで吉田に話が回ってきた。

吉田は現場に着くとスクリューに絡まったロープを切ってくれと言われた。だがいろいろと試してみてもできなかった。その筏のロープは特殊な材質で、鋼鉄のワイヤーをプラスチックでコーティングしたものだった。刃物ではもちろん、電気で金属を溶解させる水中切断という手法でも周りのプラスチックが邪魔して切れなかった。

強力な油圧カッターがあればなんとかなったが、現場にはそれもなかった。いろいろと試みている間も船は大きく揺れて、作業は困難を極めた。そのうちに乗客たちは船酔いから具合が悪くなり、嘔吐する人も出はじめた。

吉田は作業船に乗客を乗せ替えて順番に陸まで輸送しようと提案した。船が多少壊れてもいいから、ロープで船体同士をぎっちりと固定しよう、もし人が海に落ちてもすぐに救助ができるように、ダイバー二人を前後につけて乗せ替えればできるだろうと強く進言した。船や筏が壊れても最悪そのままにしておいても構わない。だが人間の安全はいち早く確保しなければならない。そう考えたのだ。

本来ならばそうした現場の方針については吉田が判断することではなかった。現場の指揮の権限は海上保安部にあり、その保安部が現場と対策本部との間でやり取りをした後に方針が決定され、それが現場で実行されるという流れだった。だが、一刻を争う状況だった。血気盛んな吉田はいつものように食ってかかった。

「いちいち本部になんか聞いてられるか」

ほどなくして吉田の提案通りになった。筏に乗り上げた船に、別の船を横付けし、油圧式ウインチでぎっちりと絞り、船同士を連結させた。海上保安部の隊員と一緒に乗客を一人一人別の船に移していった。高い波に持ち上げられるたびにフェリーのスクリューが見えるほどの激しい揺れだったが、女性と子どもを優先させて、三十六人を陸に戻すことができた。吉田が到着する前は乗客を別の船に移そうという発想は誰も持っていなかった。吉田はこの時の功績を讃えられ、のちに海上保安部から表彰を受けることとなった。

8

引き上げや捜索の案件を引き受け続けていくうちに、吉田はあることを確信するようになった。それは自分には海中で何かを探す特別な能力があるのではないかということだった。経験を積むにつれ、もちろん現場での状況判断にも磨きがかかっていった。だがそうした経験則では説明できない何かが自分には備わっているのではないかと感じることもあった。

二〇〇二（平成十四）年に、殺人事件の捜査協力を依頼されたことがあった。強盗殺人事件が起き、港湾事務所員と宮城県警の暴力団対策課が事件解決に向けて動いていた。

ある日、吉田のところに仙台港湾事務所から電話がかかってきた。警察官が仙台港に詳しい潜水士の話を聞きたがっているとのことだった。言われた通り仙台南署に赴くと、大きな部屋に数十人の警察官が集まって何やら作業をしていた。吉田は部屋の奥に連れていかれ、担当官と面会した。

「仙台港の海底で変わったものを見たことはないですかね？」

捜査情報を明かせないらしく、最初、吉田は担当官が何を聞きたいのか要領をえないところもあった。吉田は海底に落ちている金庫や冷蔵庫などの話をしたが、担当官の食いつきはさほどでもなかった。

「他に何かありませんでしたか？」

「そういえば、民家の塀のブロック材もありましたね」

海底のことを思い返しているうちに、吉田は奇妙なブロック材のことも思い出した。それは半年くらい前に護岸工事の作業をしていた時のことだった。岸壁に設置するぶ厚いゴムの防舷材を取りつけようとして、誤ってナットを海中に落としたことがあった。そのナットを取りに海中へ潜っていった時に、海底にロープが巻かれたコンクリートブロックが落ちていたのだ。それはちょっと不思議な光景だった。そのブロックというのは住宅の塀などによく使われている、真ん中に三つの穴があいたごく普通のコンクリートブロックではあったが、壊れているわけでもなく、捨てる理由も見当たらない。穴に通してあるロープは海中作業で使われる三分、四分といった太めのものではなく、海中作業ではまず使われることのない、二分以下、つまり六ミリ程度の細身のものだった。

港湾の海底には冷蔵庫や自転車など、不法投棄されたものがたくさん落ちている。そのため、たいていのものは落ちていても気にならない。だがそのブロックに関しては、誰がどんな理由でロープを巻きつけて捨てたのか不思議に思って覚えていたのだ。

そのことを話すとにわかに警官たちがざわめいた。「どこだ、どこだ」と騒ぎになり、やがてすぐに潜ってくれという話になった。本来ならば極秘であるはずの捜査情報が、吉田にも一部明かされた。

「実は一年前に逮捕された容疑者が自白しましてね。その容疑者は男性を殺害してコンクリートブロックをつけ、被害者を海に落としたというのです。できれば捜索してほしいのです」

すでに機動隊が水中捜索を始めてから数日が経っていたが、成果は上がっていなかった。犯人の証言をもとに被害者の遺体が遺棄されたとされる場所を探したが、犯行時間帯が夜で視界がきかなかったこともあってか、証言そのものが曖昧になっている可能性もあるとのことだった。

次の日、記憶を頼りに仙台港中野一号埠頭のあたりを潜ってみると、十五分ほどでブロックを見つけた。引き上げてみると、四つのコンクリートブロックに人間の下半身が括りつけられていた。警察は「他に手がかりはないか」「頭を探してくれ」と言った。

そこで今度は水中スクーターを使い、岸壁沿いをフェリー埠頭に向けて西側に進んでいった。西側に進んでいった理由は、貨物船が離岸の際に西側に向かって水流を噴射するため、軽いものであれば犯行から一年あまりの間に西側に流されている可能性があったからだった。

捜索を始めると、証言の地点から百メートルほど西側に離れたあたりの海底で、何やらひらひらと漂っているオレンジ色の布が見えた。近づいて手に取ってみると、内布がオレンジ色をしたパイロットジャンパーだった。よく見ると袖口がガムテープでぐるぐる巻きにされている。いかにも不自然だった。

回収して陸に上げ、ガムテープをほどいてみると、今度は手の骨が出てきた。亡くなった人の骨だった。作業を終えて岸壁に上がると警察官たちが捜査の進展に沸いていた。遺体が見つからないと起訴ができないため、これでやっと起訴できる。吉田も少なくない賞賛を受けた。

「これほどとは思わなかった」

「プロというよりも、このために生まれてきた人ですね」

いつも一人で引き上げの作業にあたることが多い吉田は、この時警察の賞賛を受け、自分の技量がどんなものか改めて認識することになった。たまたま以前の作業中に不思議なブロックを見たことがあったために素早く発見できた、という意味では運が良かったといえるかもしれない。だが警察は吉田の記憶力、捜査のスピード、そして何よりも判断の的確さを評価した。

吉田にとってこの件は印象深い出来事になったが、それは警察に賞賛を受けた、という以外のところにも理由があった。いったいなぜ自分が数ある海底のゴミの中から、たまたまそのジャンパーを手に取ったのだろうか。その時、海底には靴、帽子、ゴミ、本、箱などあらゆるものが散乱していた。一つ一つ見ていくにはあまりにも時間がかかる、というくらい多かった。実際、警察に「他に手がかりはないか」と聞かれても、数ある中からいったいどういったものが手がかりになるのか見当もつかないでいた。

そんな中、吉田は赤茶けた小さな布切れが泥の中から十センチほど露出し、ふわふわと漂っているのをたまたま見つけたに過ぎなかった。吉田が不自然さを感じたのは、手に取ったジャンパーがガムテープでぐるぐる巻きにされていることがわかった時点であり、手に取る直前までは違和感や事件性を感じたとか、おかしな印象を抱いたということもなかった。直感的に何かを感じるということさえなかった。

むしろその前にコンクリートブロックを引き上げた時点で、ひと仕事終えたような気分でいた。本当にたまたま、そのふわふわした布切れを引き上げてみた、というだけのことだったのだ。思い返すほどに不思議だったが、吉田にはその「何も感じなかった」という点にこそ、むしろ自分の特殊性があるように思えた。コンクリートブロックを見つけた時のように、記憶力や洞察力を鋭く働かせたわけではなかった。では、何が自分をそこへと導いたのか。

それは自分の能力を超えた説明のつかない何か、としか言いようがなかった。拾い上げるべきものを期せずして引き寄せていたのではないか。そんなふうに考えるにつれ、吉田は引き上げが自分の天職であると感じるようになっていった。

9

吉田の捜索方針はきわめて現実的だった。ひとたび海に人が落ちると、現場に赴いて細かなデータを収集するところからすべてが始まった。現場の海水温、沿岸部の潮流、潮の干満の時間帯、不明者が最後に食べた食べ物の内容や時間、着ていた服の重さなどだった。吉田にとってそれらは遺体の位置を示す根拠や捜索方針の根拠となる貴重な情報だった。

遺体を引き上げる上でまず吉田が考えるのが、遺体が浮かび上がってくるかどうかということであり、浮かび上がってくるとすればそれはいつ頃かということだった。季節が夏の場合は遺体の腐敗が早く、胃の中にガスが溜まり、遺体を浮かび上がらせる浮き袋の役割を果たす。

そのため、腐敗の進行が進む七日くらいの間に水面に上がってくるだろうと予測を立てることができた。逆に冬の場合は腐敗が進みにくく、ガスが発生しにくいため、上がってくる可能性は夏場よりも低くなる。これらのことから夏であれば陸上からの目視を中心に捜索方針を組むことができるが、季節が冬であれば、水中の捜索作業をより丹念に行わなければならないことになる。春や秋であればその中間を取ればよいが、海水温の変化は陸上の季節の循環よりもひと月ほど遅れてやってくるため、それも考慮しなければならない。

食事の状況も重要な要素だった。行方不明者が海に落ちる直前に食事を摂(と)っていれば、胃の中に食べ物が残り、やがてこれが腐敗してガスを発生させる。これも同じく浮き袋の役割を果たすため、遺体が浮かんでくるかどうかの検討材料となる。

また遺体が浮かび上がってくるかどうかは、自殺なのか事故なのかによっても大きく変わった。自殺をした者は覚悟を決めて自ら水に飛び込むためか、あまり海水を飲むことはない。一方、誤って海に落ち、不慮の事故で溺(おぼ)れて死んだ人は、直前まで生き延びようと必死にもがいた末に肺に大量の水が入ることになる。大量の水が肺に入れば浮かびにくく、肺に空気が残っていれば浮かびやすい。その結果、溺れた人間は浮かび上がる確率が低く、逆に自ら死のうと思って入水した者は浮かび上がってくる可能性が高いという一般論が導き出された。

実際のところ、吉田の捜索経験の中でも、長いあいだ浮かび上がってこなかった遺体は、誤って海に落ち、溺れて水をしたたかに飲んだ遺体がほとんどだった。

吉田が引き上げてきた遺体のうち、もっとも遅く上がったのは、入水から二十七日目だった。

他の作業をしている時にたまたま何年も前の行方不明者の遺体を上げたこともあったが、それを除けば、二十七日という数字は、吉田の中で一応の目安となった。

洋服も重要な手がかりだった。薄手の服や体に密着したシャツのようなものを着ていれば、そのまま上がってくる可能性が高いし、厚手のコートなどを着ていれば、海底の瓦礫（がれき）やゴミに引っかかって上がってこない可能性があった。

遺体の上がる位置や時間帯を考える上では、潮の満ち引きも重要な要素だった。潮汐表（ちょうせきひょう）を見て、満潮から引き潮に変わる時間帯を調べると、潮流が沖へと向かう時間帯がわかる。それは遺体が消波（しょうは）ブロックなどに引っかかる可能性が高い時間帯でもあった。実際にその時間帯に海面にペットボトルを流して潮の流れを追い、その先に遺体があるかもしれない、という予測を立てることも多かった。

その他にも防波堤が新しく増設されれば、沿岸部の海流が微妙に変わり、遺体の流れる方向にも影響を与えるし、現場が川の場合は流速や川の深さが重要な手がかりとなった。低気圧が来れば雨が降り、川が増水し、流れが速くなることもある。現場流域に雨が降らなくても、上流に降っていれば、それだけで流速が変わってくる。それらはみな重要な検討材料だった。

吉田はこうした捜索方針を誰に教わるわけでもなく、自分で打ち立てた。たまに父に現場に来てもらい、潮の流れはこっちだ、どっちに流れていっただろうかと相談することもあったが、現場ごとの記録を細かくノートに残し、次の捜索に必要なデータを蓄積していったのは吉田だった。ただやみくもに潜っても見つからない。そんな考えが吉田の捜索の方針の根本にあった。

小さな根拠を積み上げ、少しでも可能性の高い場所を探る。だからこそ警察がさじを投げた現場でも行方不明者を見つけ続けてきたのだという自負を持っていた。

　捜索の現場には、警察の他に行方不明者の家族や親戚などが多数おり、色々な人が吉田の捜索に横槍を入れてくることもあったが、当然、吉田は根拠に基づかない捜索方針を嫌った。よく捜索方針に割って入ってくるのは、どちらかというと行方不明者家族よりも、なぜかその親戚が多かった。たとえば川の澱みの部分を指して、ここにいるのではないかと言ってきたりした。しかし吉田としても自分なりの経験と根拠に基づいた方針があった。そのため意見の食い違いが生じることが多く、吉田はそうした声を好まなかった。

　とりわけ、吉田が「拝み屋」と呼ぶ人々とはよく言い争いになったものだった。「拝み屋」とはお祓いや占いをする人たちのことで、家族が無事に見つかるようにとの願いから様々な種類の人々が呼ばれ、現場にやって来た。ある時は白装束を着た人が白いふさふさのついた棒を持ってお祓いをしたり、またある時は五円玉のようなものに糸を通して占いを始めたということもあった。また中南米の民族衣装のような服を着た女性が皮のペンダントを持って夢のお告げを言いにきたということもあった。

　吉田が捜索にあたっている間、彼らが不明者家族のために祈っているだけならば、それはそれでよかった。少なくとも家族にとっての心の拠り所か、あるいは気休めにはなるだろうと考えたからだ。

しかし、その「拝み屋」たちが吉田の捜索方針に指示を出してくることも少なくなかった。港湾内のどのあたりに沈んでいる、ということをかなり具体的に示してくるのだ。吉田はそれが嫌だった。彼らはたいがい吉田の考えとまったく違った場所を指し示したからだった。

ある時、現場にやって来た霊能者が水晶玉を覗き込んで言った。

「あのあたりにいます。反対側のほうで立ち上がって、こっちに向かって手を振っています。お父さん、お母さん、私はここにいます、と言っています」

吉田としては、その場所はあり得ないと思った。岸壁に設けられた黒と黄色の車止めに残っていたタイヤの跡から、霊能者が言う方向とは別の場所に車が沈んでいると考えていたからだ。だが水晶玉の霊能者は「こっちです」と断定した。しかもそれを直接吉田に言うのではなく、遺族を介して伝えてくるものだから、吉田としては困ってしまった。「いやあ、そっちはないと思いますよ」とやんわり言ったが、相手は主張を曲げなかった。

やがて吉田と霊能者の直接の言い合いになった。吉田はムキになり、「おめえ、うっせえからすっこんでろ」と、水晶玉を摑んで海に投げ込んだ。

「ああ、私の水晶玉……」

狼狽する占い師を尻目に吉田は海に飛び込み、やがて自分が予想した方角のやや沖のほうから車と行方不明者を見つけ出した。遺体を抱えて海面に浮上し、岸壁に戻ると霊能者は言った。

「あなたが水晶玉を投げたから、車が別の場所に移動したのです」

だが吉田にしてみれば、それは苦し紛れの言い訳に過ぎなかった。それから若い潜水士に水晶玉を取りに潜らせ、泥だらけになった水晶玉を手渡すと、霊能者は言った。

「あなたは地獄か餓鬼界に落ちますよ」

吉田はうんざりして、地獄でもどこでも落としてくれ、とやりかえした。


またある時は、袈裟をつけた山伏と取っ組み合いの喧嘩になったこともあった。行方不明者の家族に頼まれて港に着くと、山伏は車から降りるなり「法力を使って沈んでいる場所を探します」と言った。うーんとうなり声をあげたり、棒を振り回したりしはじめ、やがてある方向を向いて両手を広げ、「この両手の角度の間にいますので捜索してください」と言った。だが、その腕の開きの角度には八十度くらいの広さがあり、岸壁から見える海面のほぼ半分近くを指していた。捜索範囲の限定としては曖昧すぎてほとんどなんの手がかりにもならなかった。加えてその指し示した方角もまた、吉田の予想とはまるきり違った。吉田は呆れてものも言えなかった。


それだけならばまだ良かったが、山伏は捜索の作業の前に吉田にも祈禱をさせてほしいと言った。聞けば吉田の邪気を払うのだと言い、また、うーん、とうなりはじめた。吉田は仕方なくお祓いされるのを待っていたが、内心は早く捜索を始めたかった。

「もういいすか？」

「いや、後ろを向いてください」

「まだ？」

「まだです」

やがてしびれを切らした吉田は「あのな、おめえも一緒に潜るか、この」とつかみかかった。

「暴力はやめてください、あなたのためにやっているんです」

つかみ合いになった拍子に、吉田は山伏のおでこについている、「頭巾（ときん）」と呼ばれる黒い小さな飾りを引っ張った。すると意外にもその飾りのひもはゴムでできており、放すとぱちっと山伏のおでこに当たった。なんだゴムなのか、と吉田は拍子抜けし、なんとなく喧嘩はそこで終わった。


川で行方不明者が出た時も、「夢見の人」が現場に現れた。激流の川原を指して「ここにいます。潜ってください」と言ってきた。しかし吉田はそんなところにいるはずはないと思った。激流の下に遺体が動かないまま沈んでいる可能性はきわめて低いといえた。すでに行方不明から十一日が過ぎているのだから、吉田の考えでは十キロほど下流に流されているはずだった。

「あのな、ペットボトルを落として、そのまま沈んだら潜ってやる。いいか？」

そう言って吉田が水を半分くらい入れたペットボトルを水に落とすと、すごい勢いで下流へと流れていった。それは遺体にも同様に流れの力が加わり、下流へと押し流されているだろうことを意味していた。結局、遺体は吉田の目測の範囲の、十一キロ下流で見つかった。

「あの野郎、あんなんで金取りやがって」

吉田は内心毒づいた。

吉田はそんなふうによく彼らと喧嘩をしたが、それは彼らの指した場所が吉田の考えと大きく違っていただけでなく、吉田がそれまで培ってきた経験や技術に基づく現実的な捜索の方法論をまったく無視しているように思えたからだった。吉田からすればそれらは神頼みというより も出鱈目（でたらめ）に近い印象を受けた。

ただ、まったく論理的な根拠に基づかない提案であっても、吉田が考慮に入れるものが一つだけあった。それはいわゆる「虫の知らせ」というやつだった。行方不明者家族が夢の中で行方不明者と会い、その夢を根拠に「ここだと思うんです」と言うのだ。そこには「拝み屋」たちの出鱈目さとは違った、不思議な説得力があった。

ある時、女性が車ごと岸壁から落ちて自ら命を絶ったことがあった。岸壁に車のタイヤの跡があったため、吉田は午前中にその付近を捜索した。タイヤの跡の方向と車の入水するスピード、それに水深十三メートルという深さを考慮して、岸壁から十メートルほど離れたある地点を中心に円を徐々に拡大させるかたちで捜索した。それは円形捜索法と呼ばれる方法で、円の真ん中の海底に杭（くい）を打ち、そこからロープを張って、三メートル、五メートル、七メートル、十メートルと少しずつ半径を広げていく方法だった。だが、ひと通り捜索を終えても見つからなかった。

岸壁に上がると、母親がまったく別の箇所を指して「実は昨日娘が夢に出てきて岸壁に立っていたんです」と言った。前日も捜索に来ていた母親は岸壁の景色がそのまま夢に出てきたと証言した。そして岸壁の上の係船柱を指して「だいたいこのあたりだったんです」と言った。

吉田は半信半疑ながら潜ることにした。行方不明者の家族が言うなら潜って探してみようと思った。そのほうがたとえ見つからなくても、家族は納得するだろうと思ったからだった。気持ちの上で納得してもらうことも吉田の役割だった。

だが潜ってみると、結果として母親が指した場所から車と女性が見つかったのだ。不思議だった。それは吉田の経験からすると、とてもありえない場所だった。運河の河口が近くにあったにせよ、ほとんど流れの影響は考えられなかった。しかも、車は水中で岸壁に立てかけられたような不思議な格好で見つかっていた。どうして車が吉田の予想から四十メートルも離れた場所で奇妙な格好になっていたのか、どうにも説明がつかなかった。

またある時には、岸壁から車が「ゆっくりとしたスピードで海に落ちた」という目撃証言があり、同じように岸壁から十五メートルを起点として円形捜索法を試みたが、三日間ものあいだ見つからなかったことがあった。目撃証言を洗い直したりしたが結果は同じことでしかなかった。

ところが三日目に父親が「夢に息子が出てきて沖のほうの水面に立っていたんです」と言った。沖のほうと言われても、目撃証言によれば「ゆっくりと落ちた」という話で、それほど遠くにいるということはどうしても考えにくかった。しかし、一晩考えて、次の日に思い切って初日に捜索した地点の延長上の沖のほうを探してみた。すると岸壁から八十メートルくらい沖の海域で車と男性が見つかった。岸壁から八十メートルといえば時速百キロ以上で飛び込まなければ届かないような距離であり、「ゆっくりとしたスピードで落ちた」という証言からはどうしても説明がつかなかった。

いずれにしてもこれらのケースには、遺体がなぜか通常では考えにくい場所から見つかった不可解さに加え、亡くなった人が家族の夢の中に出てきて場所を教えたという不思議さが共通していた。そして自分がどうしても見つけられないでいた場所を遺族が夢を根拠に言い当ててしまうことが続くと、いわゆる「虫の知らせ」の存在は吉田の中で偶然として片づけることのできないものとなっていった。人間にはいまだ科学で解明されていない力が備わっていて、死の間際になんらかのかたちで親しい人へメッセージのようなものを発するのかもしれないとも思った。

非科学的という意味では、遺族の「虫の知らせ」も「拝み屋」たちの占いも同じではあったが、吉田の中では大きな違いがあった。当たる、当たらないということ以上に、遺族の夢には生前の記憶や愛情などが複雑に混じり合ったかけがえのなさがあるに違いなかった。その思いが吉田たちを見えない場所へ誘うということは不思議なことではあったが、どこかでありえるかもしれないと思っていた。

10

吉田の経験は突出したものになりつつあった。潜水土木の現場に加え、様々な引き上げの現場を経験することで技量を磨き込んできた。

一方で、潜水の現場において吉田を悩ませるものもいくつかあった。その一つが潜水病だった。潜水病は身体の周囲の水圧が急激に減少することで血液中の窒素(ちっそ)が気化し、気泡となって血流を悪くする疾病で、吉田だけでなく、多くの職業ダイバーにとって宿痾(しゅくあ)のようなものだった。

そのメカニズムはさほど難しいものではない。水中では浅い場所では水圧が低く、深い場所では水圧が高くなる。そして、その水圧差によって血液中の窒素(ちっそ)の飽和量の差が生じる。すなわち深いところでは血液中にたくさんの窒素が溶け、浅いところではより少ない量の窒素しか溶けないのだ。

問題は、深い場所から海面に向かって急激に上昇する時だった。身体にかかる水圧が急激に下がり、血液中の窒素が飽和し、それが血中に気泡となって生じる。これが人体に様々な症状を引き起こすのだ。あるいは急上昇でなくとも、比較的浅い場所での潜水であっても、長時間や繰り返しの潜水を行うことで同じことが起きる。

体に現れる症状としては症状の軽い順番にかゆみ、痛み、しびれなどがある。重度の場合、あるいは長年潜水病を繰り返した場合は骨密度が下がり、骨がもろくなって削れてしまうこともある。このような危険を避けるため、潜水士は国家試験を取得する際に、定められた表に従って人体に影響の少ない潜水深度や潜水時間の範囲内で活動するよう学ぶ。あくまでも目安ではあったが、たとえば水深が十メートル程度の深さであれば一日に八時間までの作業が認められる、といった具合だった。

潜水病を防ぐために一般的に用いられる方法に、減圧と呼ばれるものがある。深い場所から上昇する際の急激な変化を避けるためにゆっくりと浮上する、というのがその基本的な考え方だった。ただこれも漠然とゆっくり上がればよいというものではなく、人体と水圧の関係に基づいて法令が細かく定められ、それに従って作業することが求められる。

たとえば深度二十メートルの場所で百五十分の潜水を行った場合、一分間に十メートル以下のゆっくりとした速さで浮上した後、深度六メートルの場所で二十五分以上滞在し、さらに深度三メートルの場所で三十九分の滞在をしてから海面に浮上しなければならない、という具合だった。

この深度六メートルや三メートルの浅い海域で比較的長時間を過ごすということが減圧工程の特徴で、これによって水圧差による生理的な変化をゆっくりとしたものにすることが、安全上、きわめて重要であった。

とはいえ、潜水士は職業柄、一日の間に海底と水面を何度も往復し、それを年中繰り返しているため、規則を守っていても大なり小なり潜水病にかかってしまう。あるいは土木を専門とする潜水士たちは、定められた潜水時間を無視して長時間作業にあたらざるをえないこともあった。たとえばトイレに上がるのが面倒だからといって潜水を続けたり、今は身体の調子がいいから作業を続けようということもあった。あるいは工期が迫っているために潜水時間を長く取らざるを得ない時もあり、その意味では潜水士たちの体は日々蝕まれているといえた。

吉田の父、浩は若い頃に二十メートルほどの深さで潜水作業に従事していた時、潜水病の症状が現れ、腕が上がらないほどの痛みを経験したという。

吉田にしても、かゆみの出る軽度の潜水病は日常茶飯事だった。水深十メートルほどの深さの現場にひと月ほど出て毎日潜り続けていると、血液中に徐々に窒素が蓄積されていく。何日かすると、肌に赤い湿疹のようなものが出てきて痒くなる。そうしたことを何度も経験した。この段階ではまだ症状は軽いといえ、特に治療の必要はなく、潜ることをしばらくやめて安静にしていると元通りに治ることが多かった。

だが吉田も一度だけ潜水病で危険な目に遭遇したことがあった。七ヶ浜沖で釣り船とタンカーが衝突して、釣り船が真っ二つに割れてしまうという事故があった時のことだった。釣り船の船長が行方不明になり、元請け業者に引き上げの依頼が来た。下請け業者だった吉田は、潜水計画がままならないままにすぐに潜ってくれと依頼された。理不尽な要望だった。ワイヤーをスクリューに取りつけ、もし遺体があれば引き上げてくる、という作業内容自体は吉田にとって難しいものではなかったが、潜水計画がないというのは危険すぎた。

潜水計画には、まず現場の水深をもとにおおよその可能な潜水時間とインターバルの休憩時間を割り出すことが求められる。加えて、潜水時間に対応する減圧過程を細かく算出したダイビングテーブルという工程表を事前に作成する他、もし仮に必要な減圧をせずに浮上してしまった場合の対処も考えておかなければならない。それは基本的にはどんな潜水現場でも安全管理の一環として必要な作業だった。

吉田がそれまでに引き受けてきた仙台港は水深が十メートル程度、無限圧潜水が可能な数十分のあいだに作業を終えることも多かった。そのため、複雑な計算も必要なかった。しかし、吉田が潜水病にかかった日、作業現場は水深四十メートル、普段はほとんど潜らないような深い場所だった。それだけに綿密な計画が必要だった。基本的には深ければ深いほど水面付近との水圧差は大きくなり、同時にそれは減圧なしで潜水できる時間が短くなる。四十メートル付近ではその傾向は極端になり、無減圧潜水ができる時間は潜行と浮上にそれぞれ必要な四分ずつを合わせても十五分であり、海底での実質作業時間は七分でしかなかった。

このようなケースでは陸上からの長時間の送気が可能なフーカー式潜水が用いられるのが一般的だった。いつまでも空気を送り続けることができるため、作業が長引いたとしてもゆっくりと時間をかけて減圧をしながら海面へ戻ってくることができるというわけだった。

この時は吉田を含めて三人で潜ることになっていたが、あいにくこのフーカーの装備が二つしかなかった。そこで他の二人がフーカーを装備して先に潜り、吉田は陸上への指示を出してからスキューバ式で潜るということになった。スキューバ式は、背中に背負ったボンベの限られた空気量の中でしか作業ができない。当時吉田が使っていたものは、一度の潜水で五十分ほどが限界だった。

やがて三人が海底で合流し、作業を開始した。だが三人はバラバラになった船体になかなかワイヤーをかけることができずに、苦戦を強いられることになった。そうこうするうちに、先に潜ったフーカー式の二人の潜水時間が当初計画していた制限に達し、一度水面に上がらなければならなくなった。

二人が先に海面へ上がり、一人海底に残された時、吉田には二つの選択肢があった。一つ目の選択肢は一度海面に浮上し、陸上からの送気が可能なフーカー式潜水に切り替えるというものだった。この選択肢を取れば、減圧時間をたっぷりと取りさえすれば実質的には時間を気にせずに作業を進めることができた。ただ、一度浮上してしまうと再度潜水するまでに一時間以上のインターバルを置かなければならない。

もう一つの選択肢は、スキューバ式のまま残りの残圧の中でなんとか仕事を終え、減圧をしながら浮上して戻ってくるというものだった。ただこの選択肢のリスクは小さなものではなかった。残された時間内で作業が終わる保証はどこにもなかったし、仮に終わったとしてもその時点で残っている空気で十分な減圧時間を確保しながら浮上できるとは限らなかったからだった。作業が長引くほど体への負担も増し、減圧に必要な時間も増す。不確定な要素が多すぎた。

だが吉田は考えた挙句、後者を選択した。元請け業者は減圧に関する知識に乏しく、ただ「早く潜って作業をしてくれ」の一点張りだった。陸上ではヘリコプターやクレーンが待機しており、吉田の作業完了を待っていた。下請け業者としての立場上やらざるをえなかった。吉田は「潜水病になるだろうな」と思いながらもやむなく作業を続けた。

やがてダイブコンピューターの警報も鳴りはじめた。ダイブコンピューターは水深や潜水時間の経過によって警報を鳴らしたり、体内ガス圧減少時間などを知らせる機器だった。警報が鳴ったら水面に上がらなければならなかったが、吉田はそれからさらに二十分以上も作業を続けた。結果、なんとか船のスクリューにワイヤーを取りつけることができ、引き上げの準備は整ったが、ボンベの空気は残り少なくなっていた。

浮上する際、分速十メートルのゆっくりとしたスピードで上昇したものの、六メートルの場所で三分、三メートルで十分くらいしかとどまることができなかった。それは本来必要な減圧時間の半分に満たなかった。

この時、もしフーカー式を装備していれば状況はだいぶ違ったものになっただろう。有線で会話をすることができたため、海中から陸上に引き上げの指示を出すことができ、吉田は引き上げの邪魔にならないように少し離れた海中でゆっくりと減圧をしながら上がってくればよかった。だがスキューバの装備ではそれもできなかった。

上がってきてから数分が経った頃、案の定、症状が出た。左半身の感覚がなくなっていったのだ。これはまずいなと思った吉田はすぐに病院に行った。減圧室に入り、潜っていた深さと同じ圧力まで加圧して、段階的にゆっくりと減圧をしてもらった。その処置は、水深四十メートルの環境を再度人工的に作り出し、ゆっくりと上昇する過程を再現したものだった。後遺症が残るかもしれないと思っていたが、幸いにも左半身の感覚は戻ってきた。

事なきを得た吉田だったが、その後の周囲の対応には納得がいかなかった。元請け業者は「誰が病気になれと言った?」と吉田を責め、「うちは知らない」の一点張りだった。元請けにしてみればプロダイバーなのだから自己責任だということなのだろうが、本来なら安全管理の責任は元請け業者が負わなければならない。この苦い体験以来、吉田は少なくとも自分が請け負った現場だけは安全管理を徹底しようと、肝に銘じることになった。

11

最初の引き上げの現場に立ってから十年近くの間に、吉田は人を引き上げるという案件だけに限っても、百九件の現場に赴いた。こうした活動は、のちに仙台港内にフェンスが設けられるようになる二〇〇四(平成十六)年あたりで一応の区切りを見ることになる。その後は自殺の現場が仙台港から八木山(やぎやま)大橋へと移っていき、吉田への依頼は減っていくことになった。

その間、吉田は百五件の引き上げに成功し、他の三件についても、漁船がたまたま不明者を見つけるなど、なんらかのかたちで発見に至った。その中には、警察がどうしても見つけられないと吉田に依頼をかけたものがいくつもあった。それを考えれば驚くべき成功率だといえた。

しかしたった一つだけ、吉田にもどうしても見つけることのできなかった事案があった。それは後味の悪い体験だった。潜水士としての結果を出すことができなかったということはもちろんだが、何よりも大切な家族がどうしても見つからないという当事者の嘆き、救いのなさを垣間（かいま）見ることになったからだった。そして、それがのちに吉田の捜索態度を大きく変えることにもなった。

その事故が起きたのは一九九七（平成九）年の夏だった。吉田が捜索現場に立ちはじめて間もない頃だった。行方不明になったのは名取市閖上（ゆりあげ）の防波堤から海に飛び込んで遊んでいた男子高校生だった。当時はまだ閖上の海辺には海水浴場がなく、松林に沿うように遊泳禁止の長い砂浜が続いているだけだった。

その日、男子生徒は友達と数人で砂浜の一角の南防波堤から海に飛び込んで遊んでいた。ところが泳いでいるうちに姿が見えなくなってしまった。友達が通報し、通報を受けた警察が捜索したが見つからなかった。すぐに吉田のところに連絡が入り、「すみません、探してもらえませんか」と打診があった。吉田は昼夜を通して捜索にあたることになった。

現場には男子生徒の父親が来ていた。父親は地元大手スーパーの販売責任者で、仕事を休んで現場に来ていた。母親は膠原病（こうげんびょう）を患（わずら）っていたため、現場に来ることができなかった。

吉田は父親に捜索方針を伝えた。まずは落水地点付近を波打ち際から捜索する。これには消防、警察がすでに砂浜を捜索していた。加えて沖に二隻の船を出して四名のダイバーを投入する。さらに空からヘリコプターで海面を目視する。

すると父親も捜索に加わりたいと申し出た。よほど息子を見つけたいのだろうという、思いの強さが伝わってきた。他の現場では、家族は捜索の現場を訪れこそすれ、不明となった家族を自ら探すということはそう多くはなかった。閖上の砂浜には危険が少ないこともあり、父親も同行することになった。

　勤務先から何日間か休みをもらった父親と、二人だけの波打ち際の捜索が始まった。長い浜辺だった。サンドバギーに乗って移動し、降りてはあたりをくまなく探す。息子の手がかりとなる持ち物や衣服だけでも落ちていないだろうか、と。

　捜索の合間に吉田は父親に臭（にお）いも手がかりの一つだと話した。夏の時期は水が温かく、遺体からガスが発生しやすい。するとそのガスが浮き袋のような役割をして浮かび上がってくる確率が高い。それが打ち上げられれば、砂浜に傷んだ遺体の独特の臭いがする。それが一つの手がかりになるだろうと。父親にとっては酷な話だったに違いない。

　そしてそんな話をしている矢先に、砂浜の一角からまさに生ぐさい臭いが漂ってきた。遺体が打ち上がったのではないか。二人は臭いのもとを辿（たど）っていった。しかし、そこにあったのは行方不明の息子ではなく、砂浜に打ち上げられたウミガメの死骸（しがい）だった。父親はなんともいえない表情をした。

　二人は夜の浜辺も一緒に捜索することになった。もちろん常識的に考えれば視界のきく昼間のほうが好ましかった。また夏は昼間のほうが潮位が下がる傾向にあり、見つかるなら昼間の可能性が高いと考えられた。

ただそれでも夜の可能性を捨てることはできなかった。夜間に潮位の変化によって海中を漂っていたものが打ち上げられることもあり、その時間帯を逃すとまた水中に没してしまうかもしれないからだった。

ある夜、ひと通り砂浜を探し終えた後、サンドバギーを止め、ここらで一服しましょうかという話になった。青白い月明かりが浜辺を照らしていた。缶コーヒーを飲みながら、ふと父親が言った。

「吉田さんっていつもこんなことをしているんですか？　大変なお仕事ですね」

「自分の息子がいなくなったら、誰（だれ）でも一生懸命探しますから。自分の家族だと思って探しています」

そして吉田は話の流れから、聞きにくいと思いつつも思い切って聞いてみた。

「どんな息子さんだったんですか」

「普通の息子だったんですけど……。友達と遊んだり、楽しそうにしていました」

そう言ったのをきっかけに息子の話を始め、涙を流しはじめた。押しとどめていたものが堰（せき）を切ったようだった。再び捜索が始まっても涙は止まらなかった。それどころか、父親は浜辺を歩きながら、泣いて息子の名前を呼んでいた。喘（あえ）ぐようだった。吉田はかける言葉も見つからなかった。ただそっとしておくしかなかった。父親が落ち着きを取り戻すと再びバギーに乗って捜索を続けた。父親の涙はずっと止まらなかった。だんだんと口数も少なくなった。明け方近くになるともう疲れ果てていた。家に帰り、少し眠り、また翌日、吉田と待ち合わせてバギーに乗り込む。そんな繰り返しだった。

そうして一週間が過ぎた。

夏の時期にこれだけ待っても出てこないということは、浮き上がってくる見込みは少ない。吉田はそう考えはじめていた。父親に見つからない可能性をそれとなく伝えつつもあった。

吉田が考えていたのは、消波ブロックの下に吸い込まれてしまった可能性が高いということだった。そして何度も検討した結果、もしそうであれば、あとは偶然を待つしかないというのが結論だった。たとえば台風が来て海底に引っかかったものが流されて出てくるなど、だ。だが吉田は、父親にそれをどう説明すべきか、逡巡(しゅんじゅん)した挙句、面と向かって言えずに時が過ぎていた。

仮に消波ブロック付近の捜索をするとしても、現実的には潜って消波ブロックの入り口付近を少し見る程度のことしかできなかった。それ以上深く入っていくことは、危険すぎた。消波ブロックの近くは水の流れが複雑で、急流に巻き込まれて二次災害にいたるおそれがある。

とはいえ、消波ブロックの入り口だけ探したのでは捜索したうちには入らなかった。もしそのことを伝えれば、おそらく父親は県に掛け合い、消波ブロックをどかしてくれと言うだろう。吉田は自分の息子が同じ目にあったら、少なくともそのように掛け合うだろうと思えた。

しかし県が消波ブロックの移動を断るのは目に見えていた。いくら人が行方不明といっても、すでにある建造物を動かすことはできない。父親は吉田のところに戻ってきて、「どうにかならないでしょうか？」と相談に来るに違いなかった。しかしその時、吉田には何ができるだろうか。おそらく、何もできないだろう。つまり消波ブロックに関しては、いろいろと掛け合ったとしても、結局は父親を何度もがっかりさせることになるだけだろう。捜索が続けば続くほど父親も辛くなっていくように思えた。

以前にも、遺体が上がらないまま捜索が打ち切られたことはあった。ただ、その時は後々まだ上がってくる可能性があることを家族に伝え、のちにその通り上がってきた。しかし、今回に限っては吉田の中でいろいろな可能性を総合した結果、もう上がってこないような気がした。そしてだからこそ、そのことを言えないでいた。

その日、夜の捜索を終えて空が明るくなりはじめた頃、吉田はサンドバギーを片づけながら翌日の捜索予定をどうしようかと考えていた。すると不意に父親が声をかけてきた。

「吉田さん、まだ見つかる可能性ありますよね？」

現実を伝えるべきかもしれない、と吉田は思った。

「ゼロではないですが、これだけ探しても出てこないとすると、可能性は低いと思います」

すると、父親は残念そうに続けた。

「そうですか、これ以上探しても見つからないですよね」

吉田は慌てて付け加えた。

「いや、でも百パーセント無理ということはないですから……」

「そうですか……。それならあとはうちのほうでなんとか探します。もう十分です。ありがとうございました」

それを聞いて吉田も限界かな、と思った。

父親は捜索費用を支払いたいと申し出た。吉田は見つけられなかったのだから受け取れない、と一度は断ったが、父親は会社の仲間がカンパしてくれたので受け取ってほしい、と言った。

別れ際、父親は砂浜のほうへ歩みはじめた足を止め、何かを思ったのか振り返って吉田のほうへ歩み寄ると、吉田の両手を強く握り深々と頭を下げた。

「ありがとうございました」

吉田は「頑張ってください」と答えるのがやっとだった。父親はそのまま再び砂浜のほうへ歩いていった。息子を探し続ける気なのだろうとわかった。「もう十分です」と言っておきながら、心の中では居ても立ってもいられないようだった。別れた後、再び海に向かっていく不明者家族のうしろ姿を、吉田ははじめて見送ることになった。

たった一人で見つけられるだろうか。いや、いくら強い気持ちがあっても、一人では現実的には難しいのではないか。もしかすると沈んでいた遺体が何かの加減で浮き上がってくることはあり得る。しかしそうでなければ、この人は親として何か月ものあいだ懸命に息子を探し続けるかもしれない。いや、ひょっとするとこのまま一生浜辺をさまよい続けるのかもしれない……。吉田は家族が見つからないということの取り返しのつかなさを痛感しはじめていた。

第2章　遺体に育てられた男

1

吉田浩文は一九六七（昭和四十二）年、宮城県女川町で祖父、父と続く潜水の家系の長男として生まれた。女川の町ではちょうど原子力発電所の建設が持ち上がろうという頃だった。推進派と反対派によって町は二つに分かれ、ほどなく反対派の漁師たちが鉢巻き姿でデモを繰り広げることになる。ただ、そのことを除けば女川の町は、どこにでもある東北の小さな港町だった。町は漁業、水産業で成り立っており、男たちが年頃になると勇んで海へと出ていく。遠洋漁業に繰り出しては何か月も荒波に揉まれて帰ってくる者もあり、気性の激しい男たちが肩で風を切って海辺の町を歩いていた。

豊かな自然に囲まれ、吉田ものびのびと育った。幼少の頃は木登りをしては落っこちたり、友達と山に行って栗を採ったり、海辺で釣りをしたりするごく普通の子どもだった。

一つ、他の子どもと違ったことがあったとすれば、小学校一年生の時に、将来についての作文で、「人命救助をしたい」と書いたことだったかもしれない。その作文によって吉田は新聞社のコンクールで表彰されることになった。誇りに思った少年吉田は、その作文を「タイムカプセル」に入れて庭に埋めたりした。

「やめとけ。潜りなんてバカしかなんねえんだから。ちゃんとした会社さ入れ」

それが父、浩の口癖だった。それでも吉田がそのような作文を書いたのは、テレビで取り上げられていた、人命救助をする潜水士に子どもなりの憧れを抱いたからだった。

「これ、お父さんと同じ仕事なの？」

「そうだな」

実際に浩がそれまでに人命救助に携わったのは数回だけでしかなかったが、その答えを聞いた吉田には父親が人命救助専門のダイバーであるように映った。

「人を助けることができたらそれはすごいな。大きくなったらそういう人になろう」

ただ少年吉田がそれ以降、大人になって実際に人命救助を行うまでの間、一心にその思いを温めていたかといえば、それは少し違ったかもしれない。中学二年生の秋、慕っていた叔父と渡波の万石橋のたもとに夜釣りに行った時だった。たくさんの釣り客がいたが、自分たちだけはいつになく釣れなかった。叔父と二人、ホットコーヒーを飲みながら、吉田が何げなく聞いた。

「おじさん、今ここで誰かが海に落ちたら助けにいけないよね？　知らないふりして逃げるしかないよね」

するといつもは温厚な叔父が、真剣な眼差しになった。

「何を言ってるんだ。もし困っている人がいるんだったら助けにいかないとダメだろう。関係ない人でも助けなきゃダメだ」

「え、でも自分が危ないじゃない……」

「わかるけど、その人を見殺しにしていいのか？　できる限りのことをして助けないとダメだろう。人が困っているのに見て見ぬふりはダメだ」

当時の吉田は、暗い海を見て自分の身を案じる、ごく普通の少年に過ぎなかった。


長男だった吉田は、妹や弟よりも幼い頃にいくらか厳しく育てられたというところがあったかもしれない。褒められたり可愛がられたことよりも、どちらかといえば怒られたりすることのほうが多かった。幼い吉田にとっては、とりわけ母親にその傾向があるように思われた。

たとえば弟や妹が好きな洋服を選んでいる時に、吉田だけは「あんたはこれにしなさい」と勝手に母親に決められてしまう。あるいは母親の誕生日に弟妹たちを連れてプレゼントを買いに行っても、「こんなもん買って、何するんだ。返してこい」と、長男である吉田が怒られてしまう。また、次男は成績が良かったために、よく比較されたりもした。

父親は寡黙な職人気質で仕事一筋だったため、子育てのことは妻に任せていたようだった。朝早く仕事に出かけ、夜遅くに帰ってくる。食卓でもどちらかといえばあまり話さないほうだった。厳しくも甘くもなく、放任主義だった。

両親に共通していたことがあった。

「こいつは何もできねえやつなんだ」

「まだまだダメな息子なんです」

他人の前で、いつも吉田のことをそんなふうに扱った。海辺の田舎町の保守的な雰囲気の中では、それは珍しいことではなかったかもしれない。身内を卑下することが、他者への礼儀に含まれていると見ることもできた。

ただ幼い吉田にはそれが恥ずかしく、心に小さな影が差した。褒めてほしいけれど、褒めてもらえない。そんな思いは、のちに大人になった吉田の性格を、決定的ではないにせよ、どこか方向づけていた。


吉田が慕っていたのは、両親よりもどちらかといえば、渡波に住む叔父だったかもしれない。きっかけは吉田が小学校の時に授業が嫌でさぼったことだった。迎えに来た叔父に怒られるかと思ったが、叔父は意外なことを言った。

「行きたくないなら行かなくていい」

怒る代わりに叔父は、どうして行きたくないのか、勉強のどこがわからないのか、基本的なところに戻って勉強をやり直してみてはどうか、と親身になってくれた。勉強を教えてくれたかと思えば「おい、ゲームセンター行くぞ」といって、ボーリングやインベーダーゲームを教えてくれたりもした。そればかりか「まず何でもやってみろ」という叔父は、吉田の母の目を盗んで、家の裏の畑でひそかにバイクや車の乗り方を教えてくれたこともあった。

　多少はみ出しているくらいがよい、という考えだったのだろうが、叔父は基本的にはまっすぐな人だった。若くして大工の棟梁（とうりょう）になったものの、石巻で事業に失敗し、そこから横浜で再起を図り、成功した人でもあった。

「仕事で失敗したからって、命まで取られるわけじゃない」

「何度でもやり直せる。あきらめたら終わりなんだ」

　吉田にとって、前向きで生き生きとした叔父の言動は新鮮に響いた。十一歳年上の叔父は、いつしか何でも相談に乗ってくれる年の離れた兄のような存在になっていった。


　高校生になる頃、潜水との関わりがはじまった。日本で唯一、潜水土木を専門的に教えていた、岩手県の種市（たねいち）高等学校の水中土木科に進学したのだ。中学三年で父親に進路を聞かれた時は、これといった目標もなかった。成績も常にクラスで下から二番か三番で、運動がたいしてできるわけでもなかった。「親父（おやじ）と同じ仕事をするかな」と漠然と答えたことが、そのまま吉田の将来を決めた。吉田は宮城県から来たはじめての生徒だった。種市からすれば女川は「仙台の近く」であり、都会のほうから来た、と珍しがられたりもした。

　潜水の授業ではスキューバ式、ヘルメット式の各潜水様式でプールの底に潜っていき、パイプを組み立てたり、石を並べたりした。

　海洋実習の授業もあった。実習船に乗って沖に出て、水深十メートルくらいの海底を歩いてくるという単純なものだった。やんちゃざかりの実習生たちは、海底から本来採ってはいけないホヤやウニを採って騒いだりした。誰かが水中でドライスーツを脱いで脱糞し、周囲が囃し立てたこともあった。技術を習い、人並みの思い出もできた。

ところが十七歳になる頃、吉田は高校をやめたいと思うようになった。授業に意味を見出せなくなっていた。きっかけは、父と一緒に現場に出た時だった。学校で習うことは必ずしも潜水の現場では通用しないと強く思い知らされたのだ。

授業と現場での違いは、たとえばロープの縛り方一つにも表れた。当時ヘルメット式潜水では、鉛でできた靴をロープで縛る時に「垣根結び」と呼ばれる複雑な結び方を用いた。父の現場で教えられた時には、最後の結び目をきつく縛ることによって作業中も靴が脱げてしまわないような工夫がなされていた。しかし学校では最後のきつい結びがなかった。それは水中での作業時に危険なことがあればすぐに靴が脱げるように、という安全面からの配慮だったが、同時にそれは作業中に靴が脱げやすいというリスクを抱えてもいた。吉田は父にこの違いについて問いただした。

「作業中に靴が脱げたら仕事にならねえ」

一蹴されて終わりだった。現場経験のなかった吉田にはそれ以上何も言えなかった。

学生だった吉田は父の現場に出ても半人前の扱いをされていた。先輩にロープを縛ってみろと助手の仕事を任された時も、ロープの端の処理の甘さや作業の遅さを笑われ、悔しい思いもした。そして悔しさの分だけ彼らが格好よく見えた。汚い身なりをした、いかにも肉体労働者という風体。だが、作業を始めるや慣れた手つきで仕事をこなしていく。勉強はもういいや、一日でも早く現場に出て仕事ができるようになりたい。そんな気持ちが学校をやめたいという思いにつながっていった。

高校を中退して、下積みの仕事を覚えはじめた頃、吉田は三歳年上の恋人と駆け落ちをした。互いの親類を頼って上京し、仕事を探した。結局、それは失敗に終わってしまったが、この頃の吉田には大人になることへの渇きのようなものがあった。

2

十八歳で結婚すると、吉田は妻とともに女川の実家で暮らすことになった。駆け落ちした相手との結婚だった。女川では若くして結婚する人も多かったが、吉田はとりわけ早かった。それには叔父の助言が大きかったかもしれない。

「仕事というものは自分だけでなく、誰か他の人のために頑張ることで、何倍もの力が出てくる」

両親と吉田のあいだに多少ぎくしゃくしたものを認めた叔父は、「彼女のために頑張ったらどうだ」と進言してくれた。吉田は早く家族を持って仕事に打ち込み、潜水の技術を磨きたいと考えていた。

ただその結婚生活にも徐々に小さなさざ波が立ちはじめていった。一つには両親との関係が、以前と違ったものになっていったことがあった。

その頃、吉田が潜水士として父、浩と同じ会社で働くことになったため、それまでの父と息子の関係の他に、厳しい師弟関係のようなものが加わった。潜水という特殊技能の世界では、現場経験の有無が、そのまま厳しい上下関係を意味していたからだった。

たとえば吉田が体調を崩し、三十八度の熱を出したことがあった。しかし父は吉田が休むことは許さず、無理やり会社に連れていった。熱を出して体の節々が痛む中、肉体労働に出るというのは、過大な負担がかかるだけでなく集中力が散漫になったりして危険も伴う。その意味では無茶な要求ではあった。だが父は「仕事に行け」の一点張りだった。もっとも当時の東北の土木業界ではさほど珍しいことではなかったが。

いずれにせよ、職人気質の父らしいといえばらしかった。出過ぎた真似(まね)をせず、先輩の言うことを聞き、言われたことをやっていればいい。それが浩の基本方針だった。

あるいはその厳しさは、親子ゆえであったといえなくもない。同じ会社に入ってきた息子を甘やかしたのでは、父親として周囲に顔が立たない。それが必要以上の厳しさとなって表れたと見ることもできた。

母との関係はより複雑なものとなった。吉田はその後の人生を通して何度も金に悩まされ、振り回されることになる。そしてそこには、いつも母親との不和がなんらかの影を落としていた。自意識と母と金。吉田の青年期とは、この三点の間をぐるぐると回り、疲弊しながら出口を探す日々だったかもしれない。発端は初任給だった。十七歳ではじめて現場に出て、十七万八千円を手にした時から、それらをすべて母親に預けることになっていた。自由に使えるのはその中からもらえる二、三万の小遣いだけだった。その額は結婚して妻が吉田の実家に来てからも同じだった。それればかりではなく、妻も同じように稼いだ給料を吉田の母に預けなければならず、妻は給料の中から一万円ほどを渡されるのみだった。

それはのちに振り返ればかなり変わった決まりごとではあったが、当初、吉田は言われた通りに従っていた。というのも、吉田の両親も若い頃に同じような考えのもとで育てられており、それが当たり前のように聞かされていたからだった。

その意味では吉田の両親にしてみれば、子どもが稼いだ金を親が管理するのは至極当たり前のことだった。吉田は稼いだ金の大半を取られてつまらないなという気持ちこそあったが、ある意味でいたしかたないと考えていた。

吉田がそのような環境の特殊性に気づくのは、それから数年してからだった。高校を中退してひと足早く就職していた吉田に追いつくように、同級生が高校を卒業して働きはじめる年になる。すると友人たちと給料や実家に入れる生活費の話にもなり、他の家の内情がなんとなく見えてきた。

いろいろな家庭事情があったが、ほとんどの同級生は十数万円の給料の中から二、三万円を生活費として実家に入れたとしても、残りの十万円程度は毎月取っているようだった。吉田だけが、給料の大半を親に取られてしまっていた。

ある時、吉田は母親に他の同級生の内情も踏まえて「おかしい」と主張したが聞き入れられず、「家を出たいからお金を自分で管理させてほしい」と相談した時も、逆に「おめえ、誰の子だ？　おめえの親、誰なのや？」と凄まれ、取りつく島もなかった。

十九歳の時に妻との間に子どもが生まれてからもそれは変わらなかった。妻と二人で働いているにもかかわらず、昼食とタバコを買ってしまえばあとはいくらも残らなかった。週末に親子三人で出かけようとしても手持ちがなく、父か母がいなければどこへも行けなかった。もちろん貯金をすることもできなかった。

そうした状況は夫婦にとって大きなストレスになり、何度も話し合いが持たれ、妻は吉田に懇願した。吉田の実家で両親と一緒に暮らしていれば衣食住には困らないけれども、夫婦と子どもだけで家を借りたほうがいいのではないか、と。

しかし、母親に給料の大半を取られてしまうと肝心の引っ越しの資金を貯めることができず、結局は引っ越しの話は先延ばしになってしまった。

結婚から四年後に次男が生まれたが、その後も状況は変わらず、むしろ悪化するばかりだった。妻のストレスが吉田に向けられることも多くなり、やがて吉田との関係も悪くなりはじめた。吉田自身も仕事が終わって家に帰るのが億劫になり、結果、最初の結婚生活は四年ほどで終わった。

それからほどなくして吉田は二十三歳の時に二度目の結婚をするが、結果はほとんど同じことでしかなく、その結婚生活もわずか半年で終わってしまった。

若い吉田はいろいろなことがうまくいかず、鬱屈していた。孤独でもあった。抑圧され、エネルギーを溜め込んでいた。そうした内なるマグマが、いつどのようなかたちで噴出するか、あるいは噴出させられるかによって、ある意味で人の人生というのは、方向性が決まってしまうといえなくもない。幸か不幸か、吉田の場合、それがまとまったかたちで最初の放出を見たのは、仕事という場においてだった。

その頃の吉田は、いまだ一作業員であり、先輩からこき使われている状態だった。

「ロープが切れそうだから編んでおけ」「ホースを洗っておけ」「オイル交換しろ」

それに応えるのが吉田の日常であり、下っ端なのだから仕方がないと考えていた。ただ一方で、吉田はどこか現状を冷静に考えるようなところもあった。

ある時、現場で船に乗っていて、昼食の後、いつものように先輩から「ロープが切れそうだから編んでおけ」と命じられた。吉田は言いつけ通り船の後ろでひとりロープを編みはじめた。

そして考えた。先輩たちは仕事ができる。自分は仕事ができない。しかし、この数年でできるようになったことも確実にある。いったい自分には何ができて、何ができないのだろう。

仕事を覚えたての頃は、たとえば「ペンデルを作っとけ」と言われても「ペンデルって何ですか」といちいち聞き返さなければならなかった。ペンデルとは車のタイヤを切って船と岸壁の間のクッション材にしたものだが、そんなふうに聞き返す度に半人前扱いされた。

ところがどうだろう。今、改めて日々の仕事を一つ一つ数えてみると、いつの間にかできないことはなくなっているではないか。それは意外な発見だった。自分は仕事ができないわけではない。実はできるのだ。自分をこき使う先輩たちは、ただ面倒くさがってやらないだけなのだった。もちろんそれは潜水土木業界の年功序列的な意味合いが大きかったが、吉田は不意に自分の置かれた不条理が許せなくなった。

午後の仕事が始まりベテランダイバーが潜水を開始した時、吉田はいつものように船上で、年長の作業員と二人きりになり、その年長者から助手の役割を押しつけられる格好になった。そしてその時に吉田の中で何かがぷつりと切れた。気がつくと取っ組み合いになっていた。

現場が終わった後、吉田の暴挙は周囲に知れ渡り、当然「生意気なやつだ」という声が上がった。だが吉田は謝るどころか、ますますかたくなになった。やがて突っ張った態度が続くうちに、社内でも問題視されはじめ、度々喧嘩（けんか）や言い合いが起きた。そしてそれが続いた末、吉田は会社を飛び出し、フリーランスのダイバーとなった。

狭い海辺の町の土木業界で、年長者たちの悪評を買うことはまったく得策ではなかった。しかし、若い吉田にはそのようなことは見えていなかった。鬱屈した内なるマグマは、噴出する以外に行く先を知らなかったのだ。

3

一年ほどして、小さな会社を設立した吉田だったが、勢いだけではどうにもならない日々がしばらく続いた。昼は土木作業、夜は運転代行のアルバイトを掛け持ちすることになった。潜水の仕事にしても、土木だけでは回らず、レジャーダイビングのインストラクターを引き受けたり、中には海底にくっついているアワビを採ってくるという仕事もあった。

これからまさに仕事を拡大させようという吉田だったが、思わぬところで足元をすくわれた。母親が「お前じゃ、会社なんてできないだろう」と理由をつけて、会社の数字の管理を勝手にやりはじめたのだ。しかもその数字の管理は、ずさんなものだった。会社の金と私的な使途がごちゃまぜになり、勝手に現金を引き出して使い込んだ。宝石を買ったり、数十万もする訪問販売の布団や掃除機を買ったこともあった。

本人に悪気はまったくないようだった。母親は人を騙して金を取るような人間ではなかった。ただ「息子の金は私の金」と考えているだけだった。もっともその「息子の金」も本来的には吉田の金ではなく「会社の金」だったのだが……。

当然、売り上げと支払いの帳尻がまったく合わない状態に陥り、税務署から追徴課税の支払いを言い渡された。

吉田が母親のことを苦々しく思っていたのは、金だけが理由ではなかったかもしれない。その頃、朝から晩まで働きづめだった吉田は子どもとの時間をろくに作ることもできなかった。息子たちの顔を見ることができるのは週に一度もあるかないかというところだった。その一度にしても、まともな会話ができるかといえばそうとも限らなかった。

妻は離婚して家を出ていったため、吉田の母が息子たちの面倒を見ていた。吉田の母は彼らを可愛がり、時間があれば外に遊びに連れ出した。そのこともあって、次第に息子たちは吉田の母になついていき、それに伴って吉田の存在は希薄になっていった。吉田はどこかで母親に息子を取られたような気がしていた。

長男が小学校に上がったばかりの頃、吉田にとってがっかりするような出来事が起きた。長男のクラスで「はじめての手紙」という授業があった。家族全員に一通ずつ感謝の手紙を書くということになった。しかし長男の書いた手紙には祖父母の分はあったが、父親である吉田へ宛てた手紙がなかった。吉田がどうしてかと聞くと長男は「お父さんは『失踪(しっそう)していなくなった』と言われていたから」とこともなげに言った。どうやら吉田の母がそう吹き込んでいたらしかった。

「どうして俺の母親はこんな親なのか」

苛立(いらだ)ちが吉田の中に溜まっていた。しかしその忌々しさは単純な憎悪の方向に振り切れる一歩手前で、かろうじてとどまっているようなところもあった。

吉田は普段、人に対して羨んだり妬んだりということは少ないほうだった。たとえばたまたま金持ちの息子に生まれたという人がいても、稀に見る恵まれた容姿の人間がいたとしても、さほど羨ましいという感情を抱いたことはなかった。だが、唯一他人に対して羨ましいと思うことがあるとすれば、それは誰かが他人の前で「うちの息子はいい息子なんです」と褒めているのを聞いた時だった。

子どもの頃から両親に「うちの息子はダメなんだ」と言われてきた吉田にとって、それは決して手に入らないものを見せつけられているようなものだった。羨望の眼差しで眺めるとともに、心の底のほうで何かが萎えてしまう気がした。

その意味で吉田の心の底にはいつも親に認められる、褒めてもらえるということに対する渇きがあった。ただその渇きは潤されることなく、長い時間とともにねじれ、どこかで自信のなさや空虚さといった影を落とし、ともすれば極端な性格を生み出すことにもなった。

吉田には困っている人を放っておけない優しさや正義感があるかと思えば、一転、自分を脅かす人間を鋭く攻撃してしまうような一面があった。前者は慕っていた叔父からの教えを素直に受け取った結果だとすれば、後者は母親とのねじれた関係に端を発していたといえたかもしれない。

不思議なもので、そんな極端な性格は、時に人を惹きつけてしまうこともあった。女川町の銀行の融資担当者だった今永遥臣という男も、吉田の性格にどこか惹かれていった一人だったかもしれない。会社設立のための資金繰りに奔走していた吉田は、ある時、支店のドアを叩いた。会社の資本金や潜水用具を揃えるために、三百万円ほどが必要だった。吉田は今永に会うなり、「金を貸してくれ！　貸してくれなきゃ、今後付き合いはねえぞ」とまくし立て、言うだけ言って帰った。

今永にしてみれば、初対面でいきなり「今後の付き合いはない」とはあまりに強引で、正気とは思えなかった。だが銀行にとっての客には違いなかった。案件が回ってきた以上、一応、調査はしなければならない。吉田の態度が尊大だったため、今永は当初、吉田のことをどこかの大企業の御曹司かと思った。

しかし調査を開始してみると、大企業どころか今にも傾きそうな会社であることがわかった。自宅に潜水用具を置いてあるだけの小さな会社であることはまだよかったにしても、立ち上げたばかりでまだ営業実績に乏しく、何より営業許可証を取っていなかった。当然、融資の基準には乗るはずもなかった。今永は呆れ、そのまま融資を断ってもおかしくはないところだった。

ただ吉田の話を聞いていると、そこには見過ごせないものもあった。小さな子どもが二人おり、仕事がうまくいかなければ路頭に迷ってしまいそうだった。また人一倍熱心に働いているようでもあった。潜水の現場に出て帰った後に、普通の会社であれば別の担当者が行うはずの経理の仕事をやる。ある時は仙台の国分町で宴会騒ぎをしている元請け業者に呼びつけられ、「払っとけ」と言われて飲み食いの支払いをしていたようだとも知った。それは潜水業界で仕事を取るための、吉田のなけなしの接待だった。他の人よりも苦労しているな、というのが今永の印象だった。

年長だった今永にとって、吉田の尊大な態度は鼻についたものの、そのどこかに「将来、大きくなるかもしれない」と思わせるものが隠れている気がした。気がつくと今永と吉田は冗談を言い合うようになっていた。

「吉田さんの会社は、二つの意味でもぐりなんだよね」

二つの意味とはもちろん潜水の他に、「無許可の」という意味だった。それから今永は三百万を貸してほしいという吉田のために稟議書(りんぎしょ)をあげた。当然、上司からは戻され、融資は認められなかった。だが今永は次の日もまた、いくつかある案件の書類の一番下に吉田の案件をそっと忍ばせ、提出した。再び却下されたが、今永はまた同じことを繰り返した。それが一週間続いたある日、支店長が言った。

「わかった。どうしても貸したいのだな?」

そして一千万円分の支店長枠の中から、裁量で三百万円を貸すことが決まった。吉田には、不思議とそんなふうに人を動かしてしまうところがあった。

4

だが相変わらず金には悩まされた。意外な問題が吉田を圧迫していった。それは引き上げの仕事に関するものだった。吉田が最初の十件ほどの引き上げ現場を終えて驚いたことは、捜索費用を請求すると難色を示す遺族が想像以上に多いということだった。最初はそれがなぜだかわからなかった。だがどうやら大部分の人が、捜索には費用がかからないと思い込んでいるらしいということがわかってきた。

そしてその背景に「山はかかるが、海はかからない」という世間の根強い誤解があることも見えてきた。つまり人が山で行方不明になった場合は捜索費用がかかるが、海ではかからない、と。それは吉田も以前、クイズ番組か何かで聞いたことがあった。

しかし現実はやや違っていたかもしれない。山岳捜索の場合、自衛隊や警察による捜索のみであれば確かに費用はかからない。その際の人件費などは公務員への給与としてもともと支払われているし、機材を投入したとしても、税金で賄（まかな）われるということもある。

だが実際には山の地理に詳しい民間人である地元の山岳会が主体となり、時には高額なチャーター料金が発生するヘリコプターを出動させることもある。そのため、民間捜索隊への日当やヘリコプターのチャーター料などが合わさり、莫大（ばくだい）な費用がかかることもある。この意味で「山はかかる」という部分はおおむね正しいといえた。

一方で海はどうだろうか。金がかからないといわれている理由は、海の捜索においては山岳捜索隊のような民間の組織がほとんど存在しないということにあるようだった。民間人が動くとしても、不明者の家族が砂浜を歩いて捜索を手伝うくらいのもので、専門的な捜査は実質的に公務員である消防、海上保安庁や警察の機動隊などが中心となって行っていた。とりわけ人だけが海に落ちたという場合であれば、これらの公務員による捜索で済み、確かに「海はかからない」といえた。

ただ例外的に吉田のような民間人に出番が回ってくることもあった。理由は様々だが、民間から重機を調達したり、気象や時間帯によっては公務員のダイバーの出動が難しいということもある。また、彼らの捜索が途中で打ち切られた後、不明者家族が民間ダイバーに捜索の継続を依頼することもある。

これらのケースでは民間ダイバーたちが、山岳の民間救助と同じく、それぞれに日当や諸経費を請求することになる。つまり「海か山か」ではなく、民間人が動き、請求が発生するかどうかだった。とはいえ「海はかからない」という先入観を持った人々にとって、高額の請求が理不尽に映ったとしても不思議ではなかった。

「えっ、お金がかかるんですか」

そう驚かれることがあまりに多く、時にはトラブルが発生することもあった。そのため、吉田はある時から引き上げる前に事前に金がかかることを知らせ、了解を取ってから引き上げることにした。

それだけならばまだ良かったが、他にもトラブルは尽きなかった。請求に難色を示すだけでなく、実際に金を払わず踏み倒す遺族が少なくないということがわかってきたのだ。最初の数件を引き上げた時点では「そのうち払われるだろう」とあまり深く考えていなかった。だが、何か月経(た)っても約束の金が振り込まれず、それまで連絡が取れていた人が、急に連絡が取れなくなったりした。

理由を辿(たど)っていくと単純に金のない遺族が多いということがわかってきた。

「葬式代を払ってしまったので払えません」

そんな返答を何回か聞いた。もっともらしく聞こえたが、葬儀社に金を払っておきながら、遺体を引き上げた吉田に支払わないというのは、理不尽といえば理不尽だった。「誰のおかげで葬式が挙げられると思うのか」と吉田は内心毒づいた。

督促のために行方不明者家族を紹介してきた港湾事務所に問い合わせたこともあった。だが「私たちは紹介しただけですから。お金のことは民間同士でやってください」と言うのみだった。確かにその通りだったが、納得はいかなかった。

年間三十体の引き上げ現場を担当して、きちんと支払われたのはその半分にも満たなかった。残りは踏み倒しや破産、引き取る人がいないといったことが原因で未払いのままだった。

無理もなかった。自死に至る多くは、借金を苦にして絶望の末に自ら命を絶つなど、経済的な理由が原因というケースだった。もし遺族にあたる人々が裕福であれば、いや、裕福とまでいわなくとも、せめてなんらかのかたちで手助けができれば、死に至る以前になんとかなったかもしれない。それでもどうにもならなかったということは、家族など周囲の人間も金に困っているということが少なくなかったのだろう。あるいはそうした悩みを相談できる人が周りにいなかったのかもしれない。

とはいえ、吉田としても踏み倒されて引き下がるわけにはいかなかった。吉田も食っていかなければならなかった。息子たち二人も育てていかなければいけない。自ら債権の回収に乗り出すことにした。

しかし慣れない吉田にとって、未払いの督促はうまくいかないことのほうが多かった。自宅を訪ねてもすでに誰もいない時もあった。そんな時は他の親戚や兄弟にあたることもあったが、本来の仕事の合間に回収を行わなければならず、限界があった。うまく回収できることもあったが、徒労に終わることも多かった。


だがある時を境に、そんな吉田の不満も霧消していった。三十代くらいの男性が海に落ちて吉田が遺体引き上げを担当した時のことだった。弟にあたるラーメン屋の店主に引き上げ費用を請求したが「お金がなくて払えません」という返事があった。話し合った末に分割払いで毎月振り込むということで決着したが、翌月に最初の一万円が振り込まれたきり、連絡が取れなくなった。何度も連絡しているうちに、しつこいと思われたのだろう、「宮城県に訴えてやる」と言われた。吉田としては一度は払うと言ったのだから、請求するのは当然のことだと思ったが、港湾事務所からも「借金の取り立てよりも厳しい、とクレームが入ってます」と言われてしまった。

だが吉田はあきらめなかった。かつて叔父に言われたことがあった。

「モノの値段は負けてもいい。けれども、技術の値段は負けちゃいけない」

値引きしてまで、自分の技術を出すな、と。大工の棟梁として技術で食ってきた叔父も、どこかでその腕を買い叩かれて苦労したことがあったのかもしれない。吉田が潜水士になり、同じ技術屋として食っていくことになった時、叔父は吉田が苦労しないようにと、そんな線の引き方を、すなわち技術者としての生き延び方を教えてくれた。

弟がだめだと思った吉田は母親を訪ねることにした。住所を頼りに福島県まで車を走らせていくと、県道から遠く離れた山の斜面の雑木林に小さな一軒家がひっそりとあった。うら寂しく、見るからに貧相な家だった。玄関の引き戸は立て付けの悪さから、がくがくしてなかなか開かず、窓にはガラスの代わりに割いた透明のビニール袋がテープで貼られていた。

戸を開けると狭い部屋に年老いた女性が座っていた。部屋の片隅のテーブルには死んだ息子の位牌と申し訳程度の仏具が置いてあった。位牌はかまぼこの板のようなものにマジックで生前の名前を書いただけのものだった。戒名をもらう金すらないようだった。

「お金がないんです……」

申し訳なさそうな声に、吉田はそれ以上なんとも言えなかった。ある種の厳しさを見せつけられた。返り討ちに遭ったようなものだった。当然支払われるべき金であったはずだが、請求している吉田が申し訳ないような気持ちになった。吉田は老婆から金を取ることをあきらめた。

そんなことが続き、吉田は「取れないならば仕方ない」と半ばあきらめの気持ちになった。実際、吉田の潜水士としての技術を無償で提供したことも、一度や二度ではなかった。

ただ当然限界もあった。引き上げは多くの場合、吉田の潜水の技術の提供だけでは完結しない。クレーンを使って車を引き上げ、運搬用の車を手配し、廃車の費用を払う必要があるのだ。あるいは、車が落水した時にスピードが出ていれば、かなり沖のほうに沈んでいるということもある。その場合、船を用意して岸壁まで車を引き寄せる必要があり、別途費用が嵩（かさ）んでくる。それらの機材をすべて吉田が手配できればよいが、ほとんどの場合は別の会社から借りることになり、これらの会社に対して支払いが必要になる。

そしてもし遺族から支払いがなければ、その穴を吉田が埋めなければならなくなる。つまり引き上げの仕事をすると収入があるどころか、赤字がどんどん増えていってしまう。これが長いこと続いていくと、当然人道的な心だけではやっていけなくなった。二十代で引き上げを始めた時は怖いものなどなかったような吉田だったが、さすがに未払いが嵩んでいくことにどうしたらいいかわからないという気持ちが募った。ある時、こうした悩みや矛盾を港湾事務所の担当者に打ち明けたことがあった。

その担当者も、引き上げ現場の金にまつわる複雑な経緯を知る人物だった。そもそも吉田に依頼をかけたのは、急増する自殺者に難儀していた警察官や港湾事務所の面々であったが、彼らは民間人の吉田を雇う予算をどうしても出せなかった。遺族に重機の代金をもらえればそれに越したことはないが、それも難しい場合が多かった。そこである時からは港湾事務所が間に入り、家族から費用が払われない場合、「港湾機能の維持、管理」という名目で、ある程度の費用を捻出（ねんしゅつ）するようになった。だがその額も重機の諸経費を考えれば知れたものでしかなく、最終的に吉田が割りを食うだろうことは、話を持ちかけた側としても最初から明らかなことだった。そんな事情を知っていた港湾事務所の担当者は、吉田に同情した上でこんなことを言った。

「もともと多額の請求をしているわけではないのだから、どうしても足りなければ、次の人に少し上乗せして請求したらどうですか」

吉田は悩んだ。それでいいのだろうかと。別の人に請求を出すのはどうなのだろう、と。

だが他に選択肢もなく、吉田はこのアドバイスに従うことにした。それは苦渋の選択だといえた。どうしても金がなくて支払ってもらえない場合は仕方なく費用の回収をあきらめ、代わりに足りない分を次の捜索費用に上乗せする。請求された側からすれば払えない人の分を請求されることになり、理不尽に映るかもしれなかった。だが吉田は自分に言い聞かせ、納得させた。そもそもあらゆる物の値段はいつだって変化する。たとえば豆の値段が上がれば納豆の値段も上がるものだ、と。

これによって、当初数万円程度だった一件あたりの請求額が次第に増えていった。しかも未払いがあまりにも多かったため、上乗せの額は雪だるま式にどんどん大きくなった。最終的には一件の請求が百万円に達することもあった。だが、どんなに赤字が嵩んでも一件につき百万円を超えないようにと上限を設けることにした。もちろん遺族には他の案件の分が上乗せされていることは言えないでいた。

しかしこれによって、請求された側の遺族の不満は今までにないものになった。当然といえば当然のことであったし、吉田もある程度は予想していた。だが遺族との摩擦は予想外に吉田を疲弊させた。

ある時は遺族側の弁護士が間に入ってきて、「高すぎるので一万円か二万円にしてください。これでやってもらえなければ裁判にかけます」と言われたこともあった。仕方なく言われた値段に引き下げたが、気持ちの良いものではなかった。金が入ってこないという実際的な理由もあったが、何よりも自分の仕事の価値を低く見られたような気持ちになった。叔父の危惧が現実のものとなったということでもあった。危険を冒して海に潜り、家族の代わりに遺体を拾い上げてきたのに、タダ同然に値切られ、いやなら裁判にするという。吉田は「それでも人間か。良心の呵責（かしゃく）はないのか」と食ってかかった。

あるいは「取りたいだけ金を取りやがって、人の足元を見ているこんなやつにやらせていいのか」と、電話で警察に怒りをぶつけてきた遺族もいた。それは違う、と吉田は叫びたかった。足元を見ているつもりなどなかった。むしろ足元を見られているのは自分だと思うことさえあった。これまで遺族の未払いを肩代わりしてきたのは自分なのだぞ、文句があるなら自分で潜って引き上げればいい。そう言い放ってやりたいところだった。

警察や消防や海上保安部の職員であれば、このように金をめぐって罵（ののし）られるということもなかっただろう。遺族に請求を出さなければならない民間人の吉田は、ある意味で孤独な立場にもあった。

5

葛藤(かっとう)は続いていた。

「やはり本当は金を取るべきではないのではないか……」

ある出来事が忘れられなかった。かつて警察が仙台港に落ちた男性の捜索を三日ほどで打ち切ってしまったことがあった。その時、孫を亡くした老婆が警察に泣きついていた。

「なんとかお願いします。もう少しだけ探してもらえないですかね、なんとかお願いします」

「すみません、もう探せません」

警察官たちは老婆を振り切って帰ってしまったのだ。捜索だけが警察の仕事ではないため、ある意味では仕方ないことではあった。不憫(ふびん)に思った吉田は警察に作業の引き継ぎを申し出、海上保安部に書類を提出して無償で捜索を続けた。それから一週間ほどのちに、港内で男性の遺体を回収することができた。半ばあきらめていた老婆は泣きながら「本当にありがとうございました」と吉田の手を握った。

その時、吉田が感じたのは次のようなことだった。たとえ遺体の姿になってしまっても、やはり誰もが失われた家族と再会したいのではないか。家族にとって遺体が返ってくることで、はじめてその人の中で一つの終わりを迎えることができるのではないか。葬儀の時に何もない箱に向かって手を合わせるのと、骨の一つでも返ってきて対面するのとでは大きな違いがある。だとすると、金があるから家族と再会できる、金がない人は家族と再会ができない、というのはあまりに酷なのではないか。そして自分が引き上げの費用を請求することで、大なり小なりそうした不条理を作り出してしまっているのではないか。

やがて吉田は引き上げの請求に対してはっきりとした罪悪感を覚えるようになった。そしてそれは引き上げと請求を繰り返すたびに、吉田の中に澱のように蓄積されていった。ふつうの護岸工事ならば金を請求するのは当たり前のことだった。それが商売であるということは、吉田としても周囲としても、誰ひとり疑問を挟む余地はなかった。だが同じ潜水でも遺体が関わることになった途端に大きな葛藤が生じる。それはもはや無視できないものになっていた。

その反動からだろうか、吉田は多少ヒロイックなかたちで困っている人を助けてやるということも多くなっていった。そしてその人助けは、とりわけ年老いた女性や幼い子どもなど、弱い立場にある人に向けられた。

ある時こんなことがあった。珍しく年の瀬に雪の降った夜だった。十時頃に仙台港湾事務所から電話があった。釣り客から警察に「車が落ちた」と通報があり、警察からの要請を受けて現場に駆けつけた。一面に雪の積もった高松埠頭に自動販売機の灯りが一つ。二本の轍の先にパトカーの赤いランプがくるくると回っていた。

現場では六歳くらいの男の子と四歳くらいの女の子が警察官に保護されていた。目撃証言によれば自動販売機の前で子どもたちを待たせたまま、母親だけが車に乗って数百メートル離れた岸壁から海に飛び込んでしまったようだという。

二人の子どもたちには、母親がどこに行ったのかわからない様子だった。自販機の灯りの下、互いに手をつないだまま、まだ温かいココアの缶を一つずつ握りしめ、どうしても警察車両に乗ろうとしなかった。

「お母さんがここで待っててって言ったから乗らないよ」

男の子は言い続けた。吉田は子どもたちに「お母さんを連れてきてやるから」と約束し、海に潜った。そして潜りながら思った。

「子どもを残して死んでいくなんて、どうしようもない親だ」

だが、収容したセダンの後部座席からは、意外なものが見つかった。空(から)になったジムビームの瓶だった。きわめて度数の高いアルコールをひと瓶丸ごと飲み干したのだろうか。死のうと思っても死に切れず、酔うことでやっと踏み出したのかもしれない。もしくは酩酊(めいてい)して飛び込めば確実に死ねると思ったのか。水の中から見つかった母親は黒い喪服を着ていた。

「よほどのことがあったのだな」

続いてトランクからは箱に入ったままの未使用のランドセルが出てきた。吉田はその光景に、死にゆく母親の心の揺らぎを見た気がした。これから死のうという時に買ったランドセルは、子どもへの最後のプレゼントだったに違いない。ただそれが家や岸壁ではなく、沈んだ車の中にあったとすれば、プレゼントを渡したのち子どもたちもまた一緒に死に行く手はずではなかったか。だがその子どもたちはココアの缶を持って岸壁に残されていた。それは母親による親子心中の段取りが、死の直前で翻ったことを意味していた。

「母親としての最後の愛情だったのだろうな」

のちに警察が捜査を進めると、亡くなった母親は一年前に父親と離婚していたことがわかった。子どもたちの身寄りは福島に住む八十歳を過ぎた祖母一人になってしまったという。身寄りのなくなった小さな子どもたちが遠い街で祖母とひっそりと暮らしていく。そしてその祖母の先行きもさほど長くないだろう。そう考えると、やはり引き上げ費用を取ることなどできないと思った。かわりに吉田は警察に頼んで、祖母に子どもたちの入学祝いを渡してもらった。

このような行為は吉田を知る数少ない現場の人々にとって、美談として映ったに違いなかった。実際のところ、吉田の正義感や面倒見の良さなくしてはできないことではあった。

ただ、それは無意識の帳尻合わせでもあった。数々の引き上げに対する金の請求が折り重なり、時には金のない人にそれを請求する。罵られもする。それを繰り返すうち、心の底には拭い切れない罪悪感が溜まっていった。頭では請求していくほかないと考えていても、心はついていかなかった。吉田は困っている人を無償で助けることで後ろめたさを振り払い、心のバランスをとっているようなところがあったのだ。

そんな吉田のことを、ある人は「汚れた英雄」と呼んだ。それは現場の誰かが勤務の合間に冗談半分で口にしたものだったが、やがてそのあだ名は警察官や消防、海上保安官や港湾事務所の職員といった、引き上げ現場の仲間たちの間に広がっていった。そして吉田自身もそれを聞いて、まんざら間違ってもいないなという気がした。

「汚れた英雄」というのは、もともと大藪春彦のハードボイルド小説のタイトルだった。だが、そのストーリーは吉田の人生とは違ったものだった。主人公の晶夫は両親を亡くし、戦災孤児としてオートバイ屋を経営する叔父に引き取られる。そこでレーサーやメカニックとしての才能に目覚めた晶夫はレーサーとしてのトップを目指すべく、トレーニングに励む。一方で生まれ持った美貌を武器に、社交界の令嬢たちを次々にものにし、彼女たちからレース資金を調達していく……。

似ても似つかなかった。美貌もなければ、大金を貢ぐ令嬢もなかった。それでも「汚れた英雄」という言葉の響きは吉田自身の状況をよく表していた。困っている遺族に代わって危険な海に潜り、誰もやりたがらない遺体の引き上げをし、時には人知れず借金の肩代わりまでした。それは人知れぬ吉田の「英雄的な」一面だといえた。

一方で悲しみの中にある遺族に多額の請求をし、時には足元を見ていると罵られ、彼らと喧嘩さえしてしまう。それは不本意ながら「汚れた」と言われても仕方がない一面だった。結局のところ、良きことをしているつもりでもなぜか悪者にされてしまう。そんな吉田を取り巻く矛盾や皮肉を「汚れた英雄」という言葉はよく表していた。そして吉田自身もその言葉の響きを苦笑しつつ、どこかで面白がっているところがあった。

6

引き上げをやめようかなと思ったことは一度や二度ではなかった。借金が嵩み、加えて遺族から罵られるようなことが続くと、「亡くなった人の家族のために」という気持ちも薄らいでいき、引き上げの作業にも積極的な意味が見出せなくなってくることがあった。

もし引き上げを引き受けなければ、これ以上の赤字を出さずに済む。そして通常の土木潜水だけを引き受けていけば、今までの赤字もいつかは解消されるだろう。何よりも遺族に罵られることもなくなれば心をすり減らすこともない。

しかし、現実には引き上げをやめる一歩手前になると、吉田はなぜか踏みとどまってしまうのだった。一つには吉田の代わりがなかなかいなかった。そもそも現場の警察官や港湾事務所員が吉田を頼って「二十四時間対応できるダイバーを探しているのです」と声をかけてきた時も、吉田ありきの体制作りだった。費用面でどうしてもダイバーが割りを食ってしまうため、他の民間ダイバーの選択肢はなかった。

「吉田さんなら引き受けてくれるだろう」

吉田に「専業で引き上げを」という話を持ち込んだ一人である警察官の市川哲彦も、吉田の人柄を見込んでいた。市川は派出所に配属されてから半年くらいの間に吉田と知り合い、数回の引き上げ現場をともにしていた。その日々の中で印象に残っていたのが、潜水士としての捜索技術もさることながら、遺族への配慮を忘れない吉田の態度だった。

　ほとんどの場合、引き上げが終わってから遺族が現場にやって来ることが多かったが、ある時、行方不明者の届け出がすでに出されていて、目撃情報とも一致していたため、引き上げが始まる前に家族が岸壁に来たことがあった。そんな時に限ってなぜかマスコミもやって来てしまい、家族の前でカメラが回るという状況になった。

　もちろん警察はそうした状況を避けるために規制線を張った。だが、それでもカメラが近づいてきてしまう。吉田が間に入ってマスコミに苦言を呈した。

「家族も来てるんだから、考えてやれよ」

　そんな言動に、市川は遺族への配慮を見た。それが一つのきっかけだった。市川は吉田の性格を親分肌だと感じていた。困っている人がいると助けてやり、頼まれると断れない。だとすれば、専属の話も引き受けてもらえるだろう。たとえ予算の見通しが立たなくても。そんな見立ては見事に的中した。他には頼めないというところも、吉田の自尊心をくすぐったのかもしれない。吉田は頼られているようであり、ある意味で手玉に取られているようでもあった。いずれにしても彼らが困っていたのは事実であり、吉田も彼らの期待に応えたかった。

　吉田が現場で重宝されてきたもう一つの理由に、視界の悪い中でも問題なく仕事をこなしてきたということがあった。それは夜間に人が落ちた時に、誰よりも早く現場に向かえることを意味したし、日中にもかかわらず視界が悪いという状況でも出動ができたということだった。

この能力は、水深が比較的深く底質がヘドロである仙台港では特に大きな意味を持った。ダイバーの中にはフィンで泥を巻き上げて視界を悪くしてしまう者もある。時には二十センチ先も見えないということにもなる。もともと重力の感覚に乏しい水中で視界がきかなくなると、一気に上下の方向感覚が失われ、ダイバーによってはパニックのようになってしまうこともある。レギュレーターから漏れる泡の上昇方向を見てやっと対処ができるという状況だった。吉田は泥を巻き上げない潜水方法を熟知していたが、仮に泥で視界が悪かったとしても、夜の潜水に慣れており、さほど大きな問題ではなかった。

加えて、警察でも見つけられなかった案件が吉田のところに回され、実際に吉田が捜索にあたると見つかるという状況も続いていた。もし自分が捜索の仕事をやめたとしたら、見つからない行方不明者が増え、家族を捜し続ける人も増えるだろう。そうした状況の中で自分にできることがあるにもかかわらず、手を貸さないで逃げてしまう。本当にそれでいいのか。そんな自問を繰り返すと、最終的にはやはり逃げてはいけないのではないかという考えに至り、金が出ていったとしても次に案件が回ってくればつい引き受けてしまう。その繰り返しだった。

あの人の言った通りになったな、と吉田は思うことがあった。かつて石巻のダイビングショップの社長に言われた言葉が思い出された。

「一度、遺体の引き上げをするとな、その後もずっとやらなければならなくなるんだ」

それを聞いた時、吉田はまだ二十歳を過ぎたくらいだった。潜水士見習いに過ぎず、潜りはじめる前だった。何もわからず「遺体の捜索っすか」と聞いていたくらいのものだった。しかし振り返ってみると、どこか予言めいていなくもなかった。そしてその後に社長が言ったひとことも忘れられなかった。

「だから俺は、遺体捜索はしねえんだ」

なぜそんなふうに言ったのかは、今となってはわからなかった。だが、吉田はあの社長の言う通りになったという気がしたのだ。技術的に頼られてしまうということの他に、後戻りできない葛藤のようなものに投げ込まれてしまうことを、どこかで暗示していたようでもあった。

やめずに続けてきたのには、周囲の助けも大きかった。吉田の窮状を知った顔見知りの警察官たちが現場で一緒になった時に、粋なはからいをしてくれるようになったのだ。

「今回の人は保険に入っているみたいですよ」

それはもちろん、本来は教えてはいけない捜査情報だったが、こっそりと教えてくれるようになった。遺族が保険に入っていれば引き上げの費用は保険会社から吉田に支払われることになり、多少高かったとしても遺族が怒ってくることはほとんどない。反対に保険に入っていないことが事前にわかれば、払えもしない高額な請求を出す必要もなく、トラブルを避けることもできる。引き上げの請求金額は吉田の胸三寸ということもあり、お金を出せそうな人から取る、ない人からは取らないということがある程度できるようになってきた。結果、保険に入っている人だけに割高の請求をするという、保険会社にとっては皮肉な状況が発生していた。それもすべて遺族との無用なトラブルを避けるためだった。

一部の警察官たちがそのように秘密裏に吉田を手助けしてくれたのは、何年ものあいだ遺族の借金の肩代わりをしたり、親を亡くした子どもたちに入学祝いを届けたりしてきた吉田のことを見ていたからだった。

とはいえこうしたはからいもまた、吉田に手を貸したというよりは、埋め合わせの意味合いがいくらかあったかもしれない。そもそも吉田の赤字を織り込み済みで頼り続けていたのは彼らのほうでもあったからだ。

現場の人間も吉田も、みな知恵を絞ってぎりぎりの対処をしていた。そもそも警察官や港湾事務所員といった公務員たちが吉田一人にばかり頼ることでさえ、癒着（ゆちゃく）ととらえられる可能性もあった。そのため、吉田に対する正式な依頼主は、みな気心の知れるようになった後も、長く曖昧（あいまい）なままだった。そのほうがいろいろなことがうまく回った。暗黙の了解というやつだった。

その意味でルールをはみ出してしまい、人に言えないということはいくつもあった。しかし、もとより人の死とは生者が定めたルールの中にきれいに収まるものでもなかった。吉田たちは、生者と死者の間に生じたひずみを懸命に処理しているに過ぎなかった。もしそのひずみさえなければ。みな、ルールをはみ出さずに済んだばかりか、そもそも、自殺者の何人かは今も生きていたかもしれない。

吉田が最終的に捜索活動を続けていこうと思えたのは、遺族から感謝された数少ない体験が心に残っていたからだった。とりわけ吉田がやめようと思った時にいつも思い出される一つの引き上げの現場があった。

それは捜索に携わるようになってから五年ほどが過ぎた時のことだった。名取市閖上の防波堤の先端で鉄道警察官が海に落ちた。自死だった。警察が一丸となって捜索したが、結局見つけることができなかった。そこで知り合いだった閖上の派出所の警官が吉田に声をかけ、捜索を依頼してきたのだった。

現場の様子を聞いてみると、靴、遺書、バッグといった遺品が置かれていた場所から、亡くなった男性は消波（しょうは）ブロックから海に飛び込んだと推定された。折り重なる消波ブロックの中に入り込んでしまったか、あるいは沖のほうに流れていったか、両方の可能性があった。

昼間は警察と行方不明者の家族が総出で捜索をしていたが、夜になると波打ち際は危険もあるため、捜索は一旦打ち切りになった。だが吉田は昼の捜索が打ち切られた後も、一人懐中電灯を片手に暗い閖上の海岸を探し続けた。

夜も一人で捜索を続けたのは、過去に同じように消波ブロック付近に落ちてしまった人を夜のあいだに見つけ出したことがあったからだ。吉田はその時、夜間の満潮から干潮へと向かう時間に海にペットボトルを投げ入れ、潮の流れを見極めたことで発見に至ることができた。もし翌朝まで待っていたら水位は再び上昇し、遺体は水に沈んで見つからなかったかもしれなかった。

そのこともあって吉田は再び、夜の岸壁で潮の流れを読むことにしたのだ。捜索二日目の夜、吉田に捜索を依頼した警官とたまたま一緒になり、ともに岸壁を見回ることになった。

「吉田さん、いつもこういうふうにしてるの？」

警官は吉田が昼だけでなく夜も捜索を続けていることに感心したようだった。

「自分の家族だと思って探すようにしています」

それは吉田がよく口にする言葉だった。ただ、家族の必死さそのままに潜ることには危うさもあった。前のめりになりすぎると、水中での危険を察知することができず、無理して二次災害に巻き込まれたりしかねない。どこかで冷静な自分が必要だった。

一方でその頃までに家族の思いを少しでも受け止めてやりたいという気持ちも強くしていた。以前、看過できない場面に遭遇したこともそれを手伝っていた。家族が車ごと岸壁から落ちたという通報を受けて、四十代の女性が他県からはるばるやって来た時だった。やって来たものの、どうしていいかわからなかったのだろう。女性は、たまたま近くにいた野次馬の一人に「警察の方ですか？」と聞いた。野次馬はふざけ半分で言った。

「ああ、俺、警察。刑事だから」

「あの、この度はお手数おかけしました。どうしたらいいんでしょうか。乗っていた者はどちらに……」

「え、俺知らねえ。警察じゃねえし」

野次馬は警察のふりをして、あきらかに遺族の女性をからかっていた。頭にきた吉田は自分が引き上げをした者だと申し出た上で、怒鳴りつけた。

「嘘つくんじゃねえ、おめえ、この！」

野次馬はまさか引き上げ作業をした人間がその場にいると思わなかったのだろう。バツが悪そうに去っていった……。

無防備さが顕わになっていた。知らない土地で知らない男の悪ふざけを真に受けてしまう女性の無防備さだった。それはこれから家族の遺体に対面しようとする人間にとって、顕わになっていてはいけない種類のものだった。誰かが寄り添い、守ってやらなければならなかった。

閖上での捜索が三日目に入った時、沖のほうで空から捜索を続けていたヘリコプターが海面に浮いていた遺体を見つけた。吉田が直接見つけたわけではなかったが、放射状にヘリコプターを飛ばすように提案を出したのは吉田だった。

無事に回収が済むと、遺族に「通夜をするので来てください」と呼ばれた。通夜の場所で捜索費用を渡すから来てほしいとのことだった。

行ってみると、控え室に遺族親戚一同が集まっていた。吉田は挨拶をした。

「力及ばず自分で見つけることができなくて申し訳なかったですが、最終的に見つかってよかったです」

すると集まっていた親族は口々に言った。

「話に聞きました」

「吉田さん、夜中まで探してくれていたんですね。われわれ家族、親戚でも夜まで探すことはなかなかできません」

「これは私たちの気持ちです。受け取ってください」

思いがけず分厚い封筒を渡された。どうやら夜の間も捜索を続けていたことが、たまたま警察官に知れ渡り、彼の口から遺族にも伝わったようだった。吉田が捜索費用として請求したのはカメラのレンタル代も含めて二十万円に満たなかったが、遺族たちが吉田の捜索の姿に心打たれたためか、渡された金額は百二十万円だった。

吉田は嬉しくなった。請求書の額面よりも多くの金を渡されたのは、後にも先にもこの時だけだった。予想外の金が入ってきたことは、金銭的に不安定だった当時の吉田にとってありがたいものだった。だが、それよりも嬉しかったのは人の見ていないところで捜索を続けてきたことが、人に伝わり、やがて意外なところで評価されたことだった。

「これこそが人間だ」

長い苦労が報われた気がした。その感動は吉田にとって少なくない意味を持っていた。それまでの捜索では遺族の理解を得られないことが多かったばかりか、逆に「人の足元を見て金だけ取っている」と罵られることさえあった。もっと若い頃に遡れば、父親に「できの悪いやつだ」と言われたり、先輩作業員から不当にこき使われてきたことも少なくなかった。知らぬ間にどこかで人間そのものに対する不信感を抱え続けてきた吉田にとって、はじめて自分が人として認められたような気がしたのだ。それは心の底からやりがいが湧き上がってくるような、晴れやかな瞬間だった。

吉田は遺族からもらった金を封筒に入れたまま、神棚に置いてしばらく使わないでおいた。額の大きさ以上に、人の思いがこもった大切なものに思えたからだった。

以来、いつしか吉田は引き上げを天職だと思うようになっていた。確かに、トラブルや借金も多く、その意味では必ずしも割には合わなかった。人助けをして損をしてしまうという、奇妙な状況も続いていた。だが一方で自分にしかできないことを続けているという、確かな手応えのようなものも感じていた。

借金に関しては、開き直るようになっていた。一部の警察官が保険の加入者を教えてくれることが多少の助けになっていたとはいえ、赤字は確実に増えていた。もはや護岸工事などの別の案件の収入で生計を立てて穴埋めしていくより他に方法はなかった。そしてもし、それで立ち行かなくなるのであれば、「その時はその時だ」と腹をくくるようになってきていた。

7

遺体の引き上げを始めた頃、吉田が自殺者に対して抱いていたのは怒りに近い感情だった。人は死ぬ気になればなんでもできるはずだ、自ら死んでしまうなんて精神的に弱かったのだ。

簡単にあきらめて死ぬなんて情けない、だらしない。そう思っていた。そうした、ある意味で弱者を見下した態度は、若さからくる吉田の驕りによるところが大きかったかもしれない。

だが引き上げの場数を踏むうちに、いつしかその思いも大きく変わっていた。とりわけ吉田が三十三歳の時に依頼された、ある男性の引き上げは心に残るものだった。その男性は五十代に差しかかろうというところで、板金や塗装の会社を経営していたのだが、仙台港の雷神埠頭から海に飛び込んで死んでしまった。

吉田はいつものように現場に潜って車のナンバープレートを確かめ、車と男性を引き上げた。だが、妻や息子が現場に到着するや、彼らは意外なことを言った。遺体を引き取らず、無縁仏にするというのだった。吉田は驚いた。

それまでにも、引き上げた遺体の引き取りを拒否されるということは幾度かあった。ただそれは引き上げられた人が肉親でなかったからというのもあっただろう。水底に沈んだ老年の男女が互いに赤い糸で結ばれていた時もそうだった。二人は許されざる関係に思いつめて心中したようだった。男性側の遺族が来て、女性のほうは引き取れないと言い出した。遺族からすれば女性は他人だったのだろう。そんな場合であっても吉田には「あんまりじゃないか」と思えた。

まして、目の前にいるのは紛れもなく自殺者の妻と息子だった。そんなふうに亡くなった人をその家族が「引き取らない」と言い出すのははじめてのことだった。どうして引き取らないのかと尋ねると妻が言った。

「家族に相当な迷惑をかけたから、こんな人はいらない」

会社の経営が厳しくなってきて借金取りに追い立てられ、この人のせいで苦労したんだ、と。

吉田はむっとした。死者を鞭打つような妻の物言いには、夫を見下すような響きがあった。

「そうかもしれないけど、いい時もあったでしょう」

すると今度は息子が言った。

「いい思いをした時は一度もありませんでした」

吉田は遺体を引き取ることを強く勧めたが、二人は引き取らないと主張し続けた。妻は遺体に向かって罵声を浴びせさえし、まだ若い息子の言い草からも育ててくれただろう父親への恩義が感じられなかった。吉田はついに頭にきて喧嘩腰になった。

「あんたたちにしてみれば、旦那さんやお父さんにあたる人でしょう。遺体を引き取らないってどういうことなの」

すると妻がまくし立てた。

「あんたに何がわかるの」

「まあまあ、吉田さん」

警察が仲裁に入った。確かに吉田は部外者に過ぎなかった。にもかかわらず前のめりに言い募ったのは、自分も男性と同じく、傾いた会社の経営に苦しみつつあったからかもしれない。

それにしても納得がいかなかった。生前迷惑をかけられたとしても、涙の一粒くらい流れないものだろうか。あるいは少なくとも黙って遺体と一緒に帰ることぐらいできないものだろうか。

作業を終えて片づけをして帰ろうとすると、港湾事務所の担当者が声をかけてきた。吉田が海中から引き上げたバッグの中から遺書が出てきたとのことだった。その遺書には、会社が倒産して資金繰りに行き詰まり、自殺するから保険金で借金を返してくれということが書かれていた。また、保険金の残った分はみんなで分けてほしいと。うまくやれなかったせいで周りに迷惑をかけたという謝罪もあった。死の間際まで潔さ（いさぎよ）がにじみ出ていた。取引先に頭を下げ、家族のために一生懸命働き、最後は家族のために自ら命を絶つ。

「自分にはできないことだな」

そう思うと男性への敬意のようなものが込み上げてきた。少なくとも、なけなしの努力がなじられるいわれはないはずだった。

吉田はそれまでにもたくさんの人の最期の表情を見てきた。それらの中には実に様々なものがあった。苦しんで亡くなった人もいれば、目をかっと見開いている人もいた。あるいは口から嘔吐（おうと）しながら亡くなった人や、半分服が脱げている人もいた。

改めて引き上げた板金屋の男性の顔を思い返すと、そこには苦しんだ跡がなかった。軽く目を閉じ、透き通ったようなすーっとした表情だった。それは生きているあいだに疲れ果ててしまい、死んでようやく楽になったという表情に思えた。だがその男性も家族に引き取られなければ、沈んだ車の座席で白骨化し、やがて朽ちていってしまう……。

そうなれば男性はいったい何のために生き、何のために死んだのかさえわからなくなってしまう気がした。不憫に思えた。生前恨まれていようが、最期くらいは自分が引き上げて陸に戻してやろう。自分にはそれができるのだから……。

矛盾していたかもしれない。伸びたおばあさんの滑稽さを笑っておきながら、同じ眼差しで板金屋を慈しむというのは、世間的には筋が通らないかもしれない。しかし、生きている人間に様々な表情があるように、死んだ人間たちにもある種の豊かさがあった。それが吉田を怒らせたり笑わせたりした。

いずれにしても一つ一つの引き上げは命の終わりへの立ち会いであり、どの遺体にもなけなしの生のかたちが投影されていた。そこには人間の小ささも儚さも、愚かさも残酷さもあった。そしてそれらを垣間見るうち、かつて自殺者を見下していた吉田にも、死者を悼む気持ちが生じていた。

引き上げは、反骨精神をむき出しに突っ張って生きてきた吉田に、いたわりや慈悲の気持ちをもたらしたといえた。それはまた、吉田が、水底に沈んだ物言わぬいくつもの遺体たちによって、人間として育てられてきたことを意味してもいた。

第3章　蜘蛛の糸

1

生きづらい世の中だった。はじけたバブルの余波が建設業界を覆い、じわじわと人々を苦しめていた。企業の業績は悪化し、予定していた工事も止まったままになり、仕事も激減した。板金屋の男性が飛び込んだ仙台港の淵は、いつ何時、他の誰かを飲み込んでもおかしくはなかった。

吉田たちも無縁ではいられなかった。元請け企業の業績が悪化し、そのしわ寄せが下請けである吉田の会社にも巡ってきつつあった。

その頃吉田は元請けの会社から仕事をもらい、吉田の会社がさらに別の下請け会社に発注を出すという具合に、中間会社としての位置を保っていた。しかしある時、吉田の会社が三千万円で請け負っていた案件について、元請け業者が大幅な値下げを要求してきた。元請け業者も赤字で苦しんでいたためだった。

吉田としてはのめない条件だったために、つっぱねると「おめえのところなんて、本当は五百万くらいでいいんだから、せめて二千万にしろ」と相手も強気に出てきた。独立してから元請け業者にだけは逆らったことのなかった吉田だったが、この時ばかりは足元を見られているような気がした。

そのまま契約を破棄され、不当な値段で買い叩かれることを恐れた吉田は、悩んだ挙句、ある策を講じた。次に元請けの社長に会った時にこっそりと会話を録音したのだ。もし元請けが脅迫してくるようなことがあれば、発注元の県に「契約違反だ」と掛け合うための証拠として提出するためだった。身を守るための苦肉の策だった。

しかしこっそりと録音した次の日、吉田はその元請けの社長からちょっと話があるからと呼ばれることとなった。

「お前、録音したんだってな?」

どうしてバレたのかと、吉田が青い顔をしていると、社長は知るはずのない事実をいくつも突きつけてきた。

「○○から金借りてるんだってな。なんぼなのや?」

試すような聞き方だった。吉田はしどろもどろになりながらなんとか切り抜けたが、「これは全部知られているな」と思った。おかしい。誰が漏らしたのか。

録音の事実を知っているのは、吉田の父親を除けば、下請け会社の社長と事務員の女性しかいなかった。吉田が下請けの社長に電話して問い詰めると、歯切れの悪い返答があり、その後は電話にすら出なくなった。

　どうやらその下請けの社長が元請け会社に吉田の会社の情報を逐一漏らしているらしかった。元請け業者への不満や愚痴から会社の財務状況に至るまで、すべて筒抜けになっていた。しかもよくよく調べてみると、吉田の会社の事務員の女性が下請けの社長と不倫をしていたらしく、情報はそこから漏れたようだった。

　気がつけば裏切られたかたちになっていた。自分が雇った事務員の女性と、仕事を割り振っていた下請けの社長だった。吉田の会社の経営がうまくいっていない時期を突いて吉田に不利な情報を流し、出し抜いてやろうということだった。

　傾きつつあった吉田の会社にとって、これが実質的なとどめの一撃となった。密(ひそ)かに録音していたことで元請けの信頼をなくし、仕事を切られることになった。それによって会社全体の仕事の七割が消え、社員の給料を支払うだけの仕事が取れなくなってしまった。社員は次々と辞めていき、あろうことかそのうちの何人かは、吉田を裏切った下請け会社に流れていった。だが誰もが家族を抱え食っていかねばならないことを考えれば、それもやむをえなかった。

　会社に自分一人だけが残った時、文字通り吉田は孤独と猜疑心(さいぎしん)の中にあった。脇が甘かったといえば甘かったかもしれない。ただ信用できる人間はいつの間にかいなくなり、周りには敵しかいないように思えた。

「この世はクソだ」

　吉田は何もかもが嫌になっていた。

仙台港の岸壁から飛び込んだ板金屋の男性がそうであったように、破産が近づきつつあった吉田にとっても残されたものはそう多くはなかった。財産のほとんどを失い、夢や目標もなくなってしまった。それだけでなく、他人を信じるという、ある意味で人間の豊かさの根源的な部分でさえも、徐々に失われようとしていた。

暗く荒んだ気持ちだけが残った。それは個人的な人間関係にも影を落とした。その頃、吉田は美香という若い女性と付き合っていたが、会社が傾くとともにその関係も破綻に向かいつつあった。

美香は吉田が以前、生活のために南三陸町の志津川でダイビングのインストラクターをしていた頃、生徒としてクラスに入ってきた、いわば教え子の女性だった。まだ二十歳そこそこの若さだったが、この頃までにすでに吉田と二年ほどの交際を続けてきた。しかし借金が多くなるにつれ、吉田もこのまま関係を続けられるだろうかとぼんやりと考えるようになっていた。

その破綻が決定的なものとなったのは、美香が妊娠した時だった。吉田としても予期せぬものだった。責任を取って結婚するという考えもあった。だがこの時に限っていえば、そのまま美香と結婚して一緒になるということは考えられなかった。会社が傾きつつあり、吉田はすでに数億円の借金を背負っていた。

仮に結婚して配偶者になれば、若い美香も借金の取り立てに追い回されることになる。脅しめいたものも来るだろう。そんなことに巻き込めるわけもなかった。かといって、別々に暮らして「後から迎えにいく」などということが言えるだろうか。何年か後に持ち直す保証はどこにもないばかりか、それを想像することも難しかった。数億円という数字の重みに押しつぶされていた吉田にとって、待っていてくれなどというのは無責任な話でしかなかった。

美香とお腹（なか）の中の子どもを家族だと思う気持ちはあったが、若い美香の幸せを考えれば、他に好きな男ができて……というほうが良いのではないか。

「このままではうまくいかないし、共倒れになってしまう」

吉田は美香に、実家に帰るように言った。破産しつつあることも美香にはあえて詳しく説明しなかった。詳しく話せば、身を乗り出してきて、「それでも一緒に頑張って暮らそう」と言いかねなかった。かわりに吉田は曖昧（あいまい）な説明をした。しかしそれで美香が納得するはずもなかった。「どうしてなの」と押し問答のようになった末、吉田は言った。

「もう好きな気持ちはなくなった」

それは美香にあきらめさせる方便だったが、自暴自棄の響きも色濃くあった。借金を抱えながらも、信念を持って引き上げを続けてきた。だが、気持ちだけではどうにもならない壁にぶち当たっていた。人生のどん底にいるのだなと吉田は思った。そしてそこから這（は）い上がっていく糸口はどこにも見当たらなかった。

2

それから半年も経たないうちに吉田の財産は底を突き、実質的な破産が近づいていた。三十七歳の時のことだった。それまでに行ってきた百以上の引き上げの現場で遺族から支払われなかった借金の肩代わりが四千万円にまで膨らみ、その他に回収できなくなった設備投資の赤字が二億円以上あった。吉田だけが残った会社はにっちもさっちもいかなくなった。いよいよだなと思った。

最後に残った金は、吉田が最初の妻とのあいだにもうけた次男の高校入学の資金として密かにとっておいたものだった。その頃、吉田とは折り合いの悪かった長男は、吉田の実家である祖母の家で暮らしはじめていた。すでに三年ほどが経っていたため、長男との往来は少なくなっていた。

一方の次男は吉田のもとに残り、将来潜水士を志そうとしていた。その次男が進学先として選んだのは、奇しくも吉田が通った岩手県の種市高校だった。吉田が通った水中土木科は、のちに海洋開発科になった。次男はそこに通うことになっていた。高校を出れば潜水士の資格を取り、手に職をつけて仕事ができる。そうすれば次男もこの先食いっぱぐれることはないだろう。その意味では次男を種市の下宿に送り出せば、吉田も肩の荷が降りる気がした。

東北の遅い春がやって来ようという朝、吉田は車のトランクにステレオや本や布団を詰め込み、助手席に次男を乗せて北へと車を走らせた。次男を下宿先の種市へ送り出すためだった。学費と仕送りを渡すと、もうあとは帰りのガソリン代があるかどうかというくらいだった。

石巻を出て、国道45号線を北上し、気仙沼（けせんぬま）を通り、岩手県に入って釜石（かまいし）、宮古（みやこ）を過ぎる。種市に入ると、海沿いをひた走る県道２４７号線沿いの町並みは、吉田が高校生だった頃とほとんど変わっていなかった。潮風に揺れる松林の中をアスファルトの白線がくねり、ＪＲ八戸（はちのへ）線の踏切を越え、緩やかな坂を登ると木立の向こうに海が見える。漁師たちの小さな船や岸壁に干された網や、うす汚れた黄色い浮き。軒先に野菜を並べたスーパーマーケットや、通い慣れた理容室の回転灯。当時の吉田にとって眠たくなるような風景の退屈さは、今ではなつかしさに変わっていた。

「金もあまり送れねえだろうけど、なんとか頑張れ」

道中、互いに口数も少なかったが、次男にそれだけは伝えておこうと思った。「わかったよ」と次男の短い返事が返ってきた。これから新しい暮らしが始まるという時に、父親に破産が近づいている。中学を卒業したばかりの息子はそれをどう思っているのか、本当のことはわからなかった。ただ吉田の頭の片隅にはいつもどこかで「埋め合わせ」のことがあった。

吉田には、自分が離婚してしまったために、息子たちの人生から母親というものを奪ってしまったという思いがあった。離婚は当時の吉田にとってなけなしの選択だったが、息子たちが大きくなり、母親のいない彼らの人生が五年、十年と重みを帯びるにつれ、吉田の中の引け目も無視できないものになっていった。

ある時は自分の母親との確執から、息子たちを置いて、家を出たことがあった。その時吉田の母親は長男に「お父さんはあんたを捨てて、女の人を取ったんだ」と言っていた。

そのこともあってか、長男がいつしか吉田よりも吉田の母になついていき、吉田と長男の関係はなおさら微妙なものになっていった。思春期の長男が「ばあちゃんと暮らす」と言って家を出て行こうとした時、吉田は激しい剣幕で怒ったことがあった。

「お前の親は俺なんだぞ」

長男に放たれたその言葉はしかし、かつて吉田自身が母親から浴びせられた言葉の残響であったかもしれない。吉田が若い頃、家を出たいから金を管理させてほしいと母親に申し出た時、母親は凄(すご)みをきかせるように言った。

「おめえの親、誰なのや?」

吉田は息子たちの人生の「欠落」をどうにか埋めようと考えたこともあった。だが、実際何をすればよいのかというと、答えは簡単ではなかった。自分が母親の代わりに家にいて優しく面倒を見るかといえば、それはできない。祖父母のように遊びに連れていくかといえば、それでは誰が金を稼ぐのかということになる。結局それは埋めようのない欠落であり、自分は父親以外ではありえなかった。父親として仕事に打ち込み、金を稼ぐことしかできないのだという思いに至った。だが破産が近づき、その金さえも簡単には稼げなくなった今、残った金で息子を高校に入れてやるのが精一杯だった。いったい、自分は父親としてどれほどの「埋め合わせ」ができただろうか。

一方で、吉田自身がそうであったように、結局は次男もなんとかなるだろうという思いもあった。潜水の学校を卒業して手に職をつければ仕事ができるようになる。そうすれば金も稼げるし、結婚だってできる。その意味では、破産しつつあるとはいえ、こうして息子を送り出すことができたことで、最低限の帳尻(ちょうじり)をなんとか合わせることができたのではないか、と。

3

それから半年の間に書類を揃(そろ)え、事務手続きの準備をし、秋になる頃に正式な破産の届出を出した。弁護士を雇い、会社と個人の両方の立場において裁判所に申し立てた。やがて手続きが進められ、管財執行官がやって来て、吉田の財産のうち、金になりそうなものに次々と赤い札を貼っていった。

あらゆるものが没収されていった。石巻にあった築十年に満たない一軒家と土地、潜水作業船五隻、車が五台、事務所の土地と建物、潜水用具、有価証券をはじめ、テレビ、電子レンジ、電話の加入権など、売って金になるものはすべて持っていかれた。それらは国民政策金融公庫、宮城県信用保証協会、銀行などに返すために現金化されていった。

吉田に残されたのはスキューバダイビングの用具一式、ボンベ一本とドライスーツ、レギュレーター、ハーネス、フィン、マスク、それから中古のトヨタのクレスタが一台だった。それらは、古すぎて差し押さえ執行官から金銭的価値のないものと判断され、かろうじて手元に残ったものだった。潜水用具と車が残されたことは、吉田にとって不幸中の幸いであった。それさえあれば、仕事を引き受け、その日その日をなんとかしのぐことはできるかもしれない。

とはいえ翌日からの仕事のあては何もなかった。どこかに勤めようか、それとも住み込みでアルバイトでもしようかと考えたりもした。いずれにしても家を追い出された吉田には、行く当てがなかった。そりの合わない母親のいる実家に帰るつもりもなかった。仕方なしにしばらくは車の中で寝泊まりすることにした。金はポケットや車の中からかき集めた千円ばかりがあるだけで、携帯電話の支払いができなければ、来月には止められてしまうという状況だった。

コンビニでタバコとパンをいくつか買うと、残りは四百円ほどになった。昼間は車の中で眠ったり、本屋で立ち読みしながら何とはなしに時間を潰（つぶ）した。季節はもう冬になろうという頃で、夜は寒くエンジンをかけなければならなかったが、運良くガソリンだけは満タン近く残っていた。

なんの見通しもないまま路上に放り出された吉田だったが、不思議と心のどこかに一片の晴れやかさもあった。よくよく考えてみれば、自分はこれで色々なものから解放されたのだなと思った。それまで社員のため、家族のためにと会社を大きくしてきたが、もうその必要もない。

父、浩のことも重荷に感じていた一つだった。吉田はかつて高校を中退して最初に就職した潜水会社を、喧嘩をして飛び出すようにやめてしまった。そのせいで一緒に働いていた浩も会社に居づらくなり、ほどなくしてやめざるをえなくなった。その時、浩は「お前のせいでこうなった」と吉田をなじった。

技術者としての潜水の腕前はピカイチだったが、朴訥で職人気質だった父は、話をつけて仕事を取ってくるという営業には向いていなかった。そのため、そのまま吉田の作った会社に入り、潜水士として再びともに働くことになった。そして今、その会社が潰れると父はまた「会社を潰したのはお前だ」となじったのだった。要するに全部俺のせいにしたいのだろう。そんなうんざりするような父親の小言も、もうこれで聞かなくて済む。

もう誰のために稼ぐこともない。自分のためだけに生きればいいのだ。そう思うと、ある種の清々しさのようなものさえこみ上げてきた。十代で働きはじめてから二十年が経ち、はじめて味わうからっぽで自由な時間だった。

車で寝泊まりするようになって三日目の夜に、港湾事務所から電話があった。仙台港湾に人が落ちたので引き上げてほしいという連絡だった。それは息を呑むような知らせだった。

「食いつなげるかもしれない」

そう思った。とはいえ、その依頼がただちに吉田を救うとは限らなかった。一家心中などのパターンでは支払いがされないケースが多く、吉田はそれまでに何度も踏み倒されてきた。何より、落ちた人の身元がわからなければ、家族に連絡の取りようもない。状況を確かめなければならなかった。

「落ちた人の身元もわかっていまして、家族も現場に向かっていますよ」

電話口の声は、即金を手にできる可能性を示唆していた。うまくいけばこの状況を切り抜けられるかもしれない。吉田は心の中でガッツポーズをした。不謹慎だという気持ちは起きなかった。目の前の飯をどうするかで精一杯だったためか、それとも罪悪感を覚えるほどの純粋さはもうなくなってしまったか。いずれにしてもその依頼は貴重な生命線に違いなかった。

ただもう一つ気になることがあった。潜水に使うボンベの残圧が極端に少なかったのだ。普段なら仕事が終わればすぐに次の現場のために準備を整える吉田だったが、この時は破産し、最後の潜水からしばらく道具を放っておいたままだった。当時、潜水用のボンベに一度空気を入れると千五百円かかったが、もちろんその金もなかった。もっとも金があったとしても、港に直接向かわなければならず、空気を入れにいく時間もない。

車のトランクを開けてボンベの残圧を見ると、百気圧を切り、八十気圧あるかどうかというところだった。それはボンベ一回分の三分の一くらいしか残っていないことを意味した。一度ボンベを満タンにすると約五十分潜ることができたが、その三分の一では長くても二十分の作業が限界だった。

作業時間が極端に短くなるという危険が頭をよぎったが、これを逃せば次のチャンスはいつになるかわからない。断るという選択肢はなかった。吉田は破産のことなどまるでなかったかのような素振りで即答した。

「わかりました。行きますよ」

潜水の常識からすれば、無謀に近い選択だった。残圧三分の一で潜るなど、警察、消防、海上保安庁などの基準ではまず行われない。あまりに危険であり、作業の安全基準からも大きく外れるものだからだ。その意味では吉田がたった一人のフリーランスであったからこその強引な力技だったといえた。

ただ吉田にも少ない空気を節約するための考えはあった。遺体の引き上げ作業は緊張が高まり、どうしても呼吸が速くなってしまう。それは一般的な潜水よりも空気の消費が激しいことを意味する。だから空気の節約に関しては普段から人並み以上に気を遣ってきた。

通常、潜水における呼吸では大きく吸って大きく吐くのがセオリーだったが、吉田が長年の間に編み出した呼吸法は少し違うものだった。呼気と吸気に対してそれぞれ、吐いて五秒、吸って十秒という間を置く。それに伴い、身体の動きもゆっくりとしたものにする。すると自然と空気の消費量を抑えることができた。この方法を使えば少ない残圧でもなんとか作業を終えることができるのではないかと考えたのだ。

現場はいつもの仙台港だった。夜釣りのギャラリーをかき分けて岸壁に着くと、立入り禁止の黄色いテープの中を警察に誘導され、吉田はいつも通り準備に取りかかった。

圧縮空気ボンベ、ドライスーツを着て、ボンベにハーネスとレギュレーターを装着し、目標物を特定する。さらに十キロのショルダーウェイトを肩に背負い、腰にも八キロのウェイトを装着した。そして最後にフィン、フード、マスクをつけると静かに飛び込んだ。

水中ライトを照らしながら潜っていくと海底に逆さになった軽自動車があった。運転席には男性が一人座ったままの格好でうつむいていた。シートベルトを締めていたためなかなか引き出すことができず、クレーンで車ごと上げることになった。

時間がないという焦りの中でやや手こずったものの、二十分後には作業を終えることができた。普段であればボンベの残圧が五十を切ったら上がってこなければならないが、吉田が岸壁に上がる頃には残圧は十五くらいになっていた。それはもう数分で空気がなくなってしまうことを意味していた。

水から上がると、岸壁の上には男性の家族が来ていた。話を聞くと男性は保険に加入しているようだった。それは吉田にとって、小躍りしたくなるような事実だった。吉田が請求金額を決める時の一つの目安が、相手が保険に入っているかどうかだったからだ。保険に入っていない場合は遺族自身が費用を負担することになるため、最低限の請求にとどめたが、保険に入っていれば、事後的に保険会社が負担することになる。そのような場合は吉田としても遠慮なく請求をかけることができた。家族は翌朝、港湾事務所にお金を持ってくるとのことだった。

吉田はコンビニに行き、持っていた四百円のうち、二百円で印紙を買った。そして百円ショップに行き、残りの二百円で領収書と印鑑を買おうとした。しかし、本体価格にかかる消費税が払えなかった。車の隅々までひっくり返して小銭を探し、服のポケットを調べたが、一円も出てこなかった。しかたなく、近場のドン・キホーテに行き、レジ脇の「ご自由にお使いください」と置かれた小銭の中から消費税分を足して、やっと購入することができた。

その夜、吉田はガソリンの少なくなった車を港湾事務所の傍(そば)の公園の駐車場に止め、夜を明かした。海に潜ったまま、髪の毛もごわごわになっていた。寒い夜ではあったが、仕事をやり終え、金が入ってくるという安堵(あんど)から、すぐに深い眠りにつくことができた。水底からいくつもの遺体を救い上げてきた吉田だったが、期せずしてその遺体に救われ、生きながらえることになりそうだった。誰かの死によって生かされることになった時、吉田の魂は穢(けが)れてしまうと見ることもできたかもしれない。一方で、生きている人間が持ちつ持たれつ支え合っているように、百に一つ、吉田と遺体がそのような関係であっても不思議ではなかったかもしれない。

やがて夜が明け、港湾事務所が開く頃に遺族がやって来た。手渡しで現金七十二万円が支払われた。そのうちクレーンや廃車用のトラック、廃車料などの諸経費で十四万ほどが出ていったが、それでも手元に五十万円以上の現金が残った。引き上げの案件のうち、七割以上を支払い不能で踏み倒されてきた吉田にとって、この日たまたま現金を手にできたことは幸運だったといえた。

吉田はその足で産業道路沿いの吉野家に行き、「つゆだく」に紅しょうがを盛り、みそ汁をつけて食べた。香ばしい玉ねぎと肉汁のうまみが胃袋に落ち、吉田の中に生気がきざしていった。それから銭湯に行き、海水でごわごわの髪の毛を丁寧にとかすと、熱い湯船につかった。

極楽湯——店名の通り、至福の湯だった。なんとか生きていけそうな気がした。

吉田は十年前に他界した叔父(おじ)の言葉を思い出した。

「仕事で失敗したからって、命まで取られるわけではない」

ともに釣り糸を垂れた中学生の頃に言われた言葉だった。

4

救いの手は、意外なところから差し伸べられた。その頃、吉田に別れを告げられた美香は、実家に戻って男の子を産み、育てているところだった。吉田とはほとんど連絡を取っておらず、子どもが生まれた時に報告のメールをやり取りしたきりだった。

車の中で過ごすようになってから数日、吉田は久しぶりに美香からの電話を受けていた。

「今、仕事なの？」

「いや、違う。会社がなくなって車で寝泊まりしてるんだよね。住むところがないからね」

会話は自然と吉田の破産の話になった。美香は吉田の会社が傾きつつあることは知っていたが、よもや車の中で寝泊まりしているとは思わなかった。詳しく話を聞くうち、美香は路頭に迷ってしまった吉田のことが不憫(ふびん)に思えてきた。それは借金を背負いながら遺体を引き上げ続けてきた吉田のことを、かつて美香もまた近くで見ていたからだった。他人のために一生懸命働いてきたのに、倒産しても誰も助けてくれないのか。そんな悔しい気持ちになった。

とはいえ、バブルの崩壊で吉田の会社以外にもたくさんの会社が倒産しつつあることもなんとなく聞いていた。無理なら無理で仕方ないかなという気もした。

「私の名義で部屋を借りればいいじゃない」

後日、吉田に金を貸してやった美香は、さらにそう切り出した。当時介護師をしていた美香は、当面の間、少しくらいなら自分が生活費を稼いでもいいから、ということも話した。つまり、復縁したいということだった。

吉田の気持ちは揺れた。年下の女の人の世話になるのは男として格好がつかないと思った。だが他にこれといった選択肢もなかった。破産したばかりで保証人もなく、自力で部屋を借りられない状態だった。

「ありがたいな、いくらか運も残っていたんだな」

目の前に差し出された「蜘蛛の糸」に歩み寄ることにした吉田は、いつか恩を返そうと思った。ほどなくして美香の名義で台原に家を借りることになった。

ただし、すぐに一緒に暮らしはじめるということにはならなかった。吉田は家族のような、背負うものができることが嫌だった。いや、美香だけでなく誰か人と会うこと自体が億劫になっていた。破産したことで覇気がなくなり、吉田の中で何かがしぼんでしまっていた。

思えば、劣等感が虚勢を張った生き方につながっていた。だがそれも悪いことばかりではなかったはずだった。時に会社を急拡大させて人をたくさん雇ったり、先代がやらなかった引き上げや捜索の「専門家」への道を切り開くという産物をもたらした。自分のためだけでなく、常に別の誰かのためにもなり続けていたはずだった。

しかし、一度破産してしまうと、吉田に手を差し伸べる人間はほとんどいなくなった。まるで潮が引いていくように、それまで付き合いのあった人間も態度を変えた。心底うんざりして、もう誰とも深く関わりたくないという思いだった。

美香はそんな吉田のもとに足しげく通った。心配して食べ物を差し入れたり、時には少しばかり大きくなった息子を連れて見せにきたりした。そのうちに、美香のほうから、一緒になってほしいと言われた。吉田は考えた。一度破産してしまうと、もう借金取りに追われることもなくなっていた。それは美香を良からぬことに巻き込まずにすむということでもあった。結婚しようと思えた。そしてそれを機に、三人で暮らしはじめた。

吉田はそれ以前の二十代の終わり頃に、三度目の結婚をして女の子を二人もうけたが、その暮らしも続かず、離婚してしまっていた。すなわち、美香との結婚が四度目の結婚ということになった。「これで最後だろうな」と吉田は思った。


美香は介護の仕事をし、吉田はフリーのダイバーをしながら生計を立てた。昼間は吉田が子どもの面倒を見た。最初の妻とのあいだにできた長男は吉田の母の家で暮らし、次男は種市で下宿していたため、吉田と妻、小さな男の子の三人の暮らしが始まった。

経済的には不安定な状態が続いた。財布になけなしの二千円があるだけということもあった。ただ貧しさの苦境に立たされている、という感覚はなかった。本当に今日、明日食うのに困れば、最終的には潜水士としてどこかの会社に勤め、安定した収入を得られるだろう。実際にそのような話もなくはなかった。けれども一度経営者として人の上に立つことを知ると、別の会社で働く気にはなかなかなれず、フリーランスのまま仕事を続けていた。それに吉田は金のない暮らしをどこかで楽しみはじめていた。たとえば調味料がなければ自分たちで作ってみる。

「焼肉のタレってフルーツも入っているよね」

「隠し味にリンゴでも絞って入れてみるか」

週末には小さな子どものためにちょっとした服を買いにいったり、公園におにぎりを持ってピクニックに出かけたりした。あるいは子どもが少し大きくなればボール遊びをしたり、動物園に連れていったりした。夏になれば家族揃って浜辺を歩き、次々に打ち上がる花火を見上げたりした。吉田はそうしたどこにでもあるはずの普通の週末をはじめて味わう気がした。破産によってぽっかりと穴の開いた日々。そこにある、思いがけぬ幸福に気づくのに長くはかからなかった。

美香は吉田の引き上げの仕事にも徐々に理解を示していった。かつて国分町の居酒屋で見知らぬ客に「気持ち悪い」と言われたことを考えれば、それは吉田にとって幸運なことだったといえた。

志津川の海で二人が出会った頃、美香はまだ女子高生だったが、吉田は自分が遺体の引き上げをしているということも包み隠さず話していた。そのうち美香も何度か現場に行くことになった。夜中に呼び出された吉田にくっついて、一緒に仙台港の引き上げ現場に行ったのだ。その時、美香には近くで人が死んでいる事実よりも、吉田の仕事ぶりを間近で見たことが印象に残った。潜ったきりなかなか上がってこない吉田にやきもきしたり、周囲の警察官を「どうして手を貸さないんだろう」といぶかしく思ったりもした。

美香には当初、引き上げに関して納得がいかないことがいくつもあった。危険を冒しても遺族から感謝されない時もあるし、感謝されたとしても赤字が積み重なっていく。あるいは警察への捜査協力にしても、表立っての要請では警察のメンツが立たないためか、吉田が通りすがりにたまたま手伝ったことにしたこともあった。警察はもちろん感謝していたが、吉田が黒子に徹しなければならない歯がゆさを美香は感じていた。

結婚して一緒に暮らすようになると、美香の心配の種は増えた。危険な側面をより身近に感じるようになったからだった。ある時は、吉田が沈んだ車を引き上げようとして誤って車の中に閉じ込められて出られなくなりそうになった。また別の時は車にワイヤーを取りつけようとして、クレーンのフックを引っ張りすぎて両腕の筋肉を痛めてしまい、なぜか息をするだけで激痛が走るということもあった。美香は心配のあまり「引き上げの仕事をやめたら？　普通のサラリーマンでいいじゃない」と言ったこともあった。

美香は吉田のやっている引き上げは危険なボランティアであり、吉田のことをスポットライトを浴びないヒーローだと捉えていた。もちろんスポットライトを当てられたくてやっているわけではないだろうと思ってはいた。が、それにしても、そこまでして引き上げに従事する意味はないのではないかという釈然としない気持ちを抱えていた。

美香の考え方は的を射たものだったかもしれない。吉田はときたま一つのことを思うことがあった。それはもし自分が引き上げをまったくしてこなかったとしたら、破産せずに済んだかもしれないということだった。吉田が破産の申請をした時に抱えていた負債の額は、全部で約二億四千万円であり、そのうち引き上げの未払いが積み重なった額が約四千万円だった。つまり引き上げの負債以外にも二億円の負債があったことになる。

しかし、と吉田は思うのだった。引き上げをすることによって、精神的に蝕(むしば)まれ、生活のパターンは乱れ、実入りの多い昼間の仕事も手につかなくなる。一度引き上げをすると、元の生活パターンに戻すのに、また十日ほどかかってしまう。八年ほどの間にそうした間接的なマイナスの影響がすべてなかったとしたら。土木の仕事だけをひたすらこなし、売り上げだけを考えて堅実な経営をしていたら。吉田は破産に追い込まれた時期を、無傷とまではいえないまでも、どうにか乗り切ることができたかもしれないと思うことがあった。その意味で引き上げをやめたほうがいいという美香の考え方は、きわめてまともなものだったといえた。

一方で、仮に引き上げが破産の大きな原因だったとしても、吉田の中に後悔はなかった。引き上げてきたことに後悔がないばかりか、破産そのものにも後悔はなかったかもしれない。吉田は、のちに知り合いから珍しい質問をされたことがあった。それは引き上げをせずに破産もない人生と、引き上げをするけれども破産が待っているかもしれない人生、もう一度選べるとしたらどうするかというものだった。吉田はちょっと考えたものの、答えは明らかだった。生まれ変わっても同じようにするだろうと思えたのだ。

美香もどこかでそんな吉田の性格をわかっていた。その性格は日常の中にも滲(にじ)み出ていた。たとえば美香が車を運転し、吉田が助手席に乗っている。すると道路脇の歩道を年老いた女性が自転車を押しているのが見える。よく見ると側溝のようなところに車輪をはまらせてしまったようだった。美香はその状況を見て、声をかけるほどではないかな、と思う。あまり騒ぎ立てられても、相手としても恥ずかしいかな、と。だが吉田は「止めろ、おばあさんが困ってる」といって車から出て行き、手を貸す。戻ってくると「人が困っていたら助けなきゃだめだ」と、いたって真面目(まじめ)だった。

捜索にしても同じことなのだろうと美香は思っていた。川で人がいなくなった時も、暗くなると警察の捜索は打ち切りになり、翌日から再開することが多かった。だが吉田はあたりをつけては一人、夜中に川に戻ったりしていた。誰も頼んでいないし、その分多く金がもらえるわけでもない。それでもやる人だということを何度も見ていた。美香はそうした吉田の一面に敬意を払っていたし、人として素晴らしいなと思うのは一度や二度のことではなかった。危険で割に合わない損な役回りでしかないと思えたが、吉田の正義感や親切心が支えているのだろうと思っていた。そして最終的には本人がそれで良いのならそれでいいかなと思うようになっていった。

第4章　波打ち際の夏

1

二〇〇五（平成十七）年八月――破産してからというもの、吉田は悶々（もんもん）としていた。フリーのダイバーとしての仕事のあてはなかった。最初のひと月は本当に何もせず、二か月目になってようやく何かをしようかと考えはじめ、三か月目にやっと営業に行くことを考えはじめた。介護の仕事をしていた美香に生活の面倒を見てもらいながら、ノートに今後の計画をあれこれとメモしたりして毎日を過ごしていた。

美香はそんな吉田をどうにか元気づけようと、外に引っ張り出した。男の子が生まれてからは、どこかに出かけるといっても近くの公園に行くくらいだったからだ。

「もともと海で働いていたのだから、海でも行こうよ」

新しく海水浴場がオープンした、閖上（ゆりあげ）のビーチだった。数十年ぶりの海開きということで、地元の注目が集まっていた。八月のよく晴れた午後、カップルや家族連れが東北の短い夏を楽しむ姿に、吉田たち一家も心なしか浮き立った。ところが海水浴場に入ろうとすると、意外にも砂浜の手前で係員に止められた。

「今、事故処理中なので立入り禁止です」

言われてみれば上空にはヘリコプターがバラバラと音を立てて飛んでいた。誰かが行方不明になり捜索をしているようだった。

管理棟に行くと顔見知りがたくさんいた。海上保安部、警察、消防など、それまで吉田が携わった引き上げの現場仲間だった。誰かが吉田を見るなり言った。

「やってもらえばいい」

現場には、当時の名取市長、佐々木一十郎も駆けつけていた。佐々木は閖上で海水浴場をやると言い出した張本人でもあった。もともと閖上には古くから海水浴場があったが、波が荒く、離岸流もあるため毎年何人かの死亡者が出ていた。あまりに水難事故が多発したこともあって、昭和四十年代になってからは長らく遊泳禁止の期間が続いていた。

しかしそれではもったいないということで、市長に当選した佐々木が海辺の活性化を始めた。サーフィンの市長杯を作り、再び海水浴場を開いて浜辺に昔の閖上の活気を取り戻そう。そう考えてやっと海開きにまでこぎつけた矢先、事故が起きてしまった。

責任を感じた佐々木は、周囲の警察や消防が一目置いているらしい、この吉田という男に手を借りたいと考えていた。

「せっかく遊びに来ているのに面倒だな」——ただ、知り合いに頼まれて、無下に断るわけにもいかなかった。結局引き受けることになった。吉田はまず、どんな捜索方法をしているのかを聞いた。ヘリコプターや船が出され、空と海の両方から海面の捜索が行われている他、陸からの目視が行われているようだった。ただその捜索方針には海水の流れが考慮されていなかったし、何よりも人がいなくなった場所が定かでないという点が気になった。

やがて海水浴場の平面図が持ち出され、事故の状況説明が始まった。事故が起きたのは遊泳区域を示すロープの付近だというところまではわかっていた。若い男性三人が遊泳ロープに摑まって溺れかけていた。それに気づいた四人のライフセーバーが泳いで助けに向かい、三人のうちの一人を救助した。だが、本来なら溺れている残りの二人のために誰かがそばに残っているべきところを、四人全員で一人を連れて浜辺に戻ってしまった。何か事情があってのことかもしれない。いずれにせよ、彼らはもう一度救助のために海に戻ったが、残りの二人はすでにいなくなっていたということだった。

前日はちょうど仙台七夕まつりの前夜祭があった日だった。その前夜祭で飲んでいた若者たちがそのままビーチにやって来た。途中のコンビニで酒類を仕入れてきたようだった。ビーチでは酒を飲んではいけないということになっていたが、まだ初年度で徹底されていなかったことも災いした。

目撃者が少なくとも四人はいた。だが手がかりはいまひとつだった。たとえば「遊泳ロープの三個目の玉のそばだった」というような、はっきりとした位置の証言がほしかったが、それもなかった。
曖昧な証言から捜索方針を導き出さなければならなかった。閖上港の南防波堤は、付け根から二百メートル前後で内側へ向けて折れ曲がっている。男性たちがその曲がり角を境に内側で落ちていれば、防波堤の消波ブロック側に打ち寄せられているだろう。だが、もし曲がり角の外側であれば沖のほうに流れる可能性もある。そして落ちた時間帯の潮流を潮汐表から割り出すと、不明者が流れていった方角は、それらの二つの可能性の間の微妙なラインに位置していると考えられた。

もし消波ブロックの中に吸い込まれていれば、吉田としてもその隙間に入っていくことは難しかった。二次災害の危険があるからだった。狭い消波ブロックの間は、局所的に水流が速く、吉田自身が吸い込まれて出られなくなってしまう可能性があった。だが、もし沖のほうに流れているのであれば、そのうち海面に浮かんでくる可能性はある。いずれにしても「ここで落ちた」と確定している場所がないのだから、やみくもに潜っても仕方がないと思えた。

そこで吉田がとった方法は、大潮の最干の時に消波ブロックの間を歩いて目視するというものだった。一年で水位がもっとも下がるこの時期、潜るよりも歩いたほうが見つかる可能性は高いと判断した。また沖のほうに流れる可能性も考慮して、引き続き海上保安部の巡視艇と消防と警察のヘリコプターに出動してもらうことにした。

そしてこのような予想もしていた。夏は水温が高く腐敗の進みが早いだろうから、身体にガスが溜まるのも早い。だとすると浮かんでくるのに、吉田が経験則から目安にしていた二十七日はかからないだろうと。

だがこの捜索方針が思わぬトラブルを引き起こすことになった。不明者家族の怒りを買ったのだ。夜間に吉田がドライスーツを着て消波ブロックの間を捜索し終え、ひと休みしていると不明者家族の一団とすれ違った。本来ならば捜索現場は立入り禁止だったが、家族ということで特別な配慮がなされた結果だった。その中の一人が、捜索していた吉田のことを見て言った。

「こんなのが捜索なのか。もっと大々的にやらないのか」

たった一人で捜索をしていたことが不満だったようだ。捜索というと、テレビニュースで見るような何十人という態勢を想像したのかもしれない。吉田は、自分の捜索方針を説明し、消波ブロックに引っかかっていれば、潮位の下がった時に見えるし、そうでなければ浮いてくるだろうと答えた。

だが家族の男性は潜ってみてほしかったのだろう。「こんなので見つかるのか」と声を荒らげ、「お金を払っているのだから潜ってもらわないと困る」と言った。

もちろん金を払っているから潜るとか、金が安いから潜らないとか、そうした区別はなかった。むやみに潜っても、消波ブロックの間では危険だし、二次災害のおそれもある。水中には砂が舞い上がっているだけで、捜索にもならないと説明した。潮が下がった時に歩いて探して、そこで見つからなければ浮いてくるのを待つしかない。必ず上がってくるからと。すると男性は喧嘩腰になった。

「そんなの必ずと言い切れるのか、このやろう」

吉田もムキになった。

「じゃあ、あんたたちできるのかい？　俺はプロだよ。毎回同じように言われるが、その都度見つけて何十体も上げてきた。あんたたちでできるなら自分たちでやれよ。任せるのか、任せないのか。任せるなら最後まで任せるのか」

「よし、約束だからな。絶対見つけろよ」


それから数日後、男性二人が相次いで見つかった。釣り人の通報で見つかった一体は消波ブロックに打ちつけられており、もう一体は仙台港の沖合を流れているのを漁船に発見された。吉田の推測に近い結果だった。水温が高かったため、二体ともふやけて溶けていた。

水中の捜索を迫った男性は「吉田さんの言った通りでした」と言ったが、吉田は「そうですか」とだけしか言えなかった。胸の内には虚しさが残った。


吉田と不明者家族との関わりは、いつも複雑だった。かつての捜索現場仲間でもあった警察官の市川哲彦が「遺族への気持ちで動いてくれそうだ」と感じたように、吉田は関係者から遺族思いであると目されているところもあった。一方でこの時のように、なぜか遺族と喧嘩のようになってしまうということもたびたび起きていた。吉田にとってもそれは悩ましかった。

一つにはもちろん不明者家族の側の激しい心の揺れがあった。彼らは例外なく大きな不安の中にあった。予想外の請求や捜索方針の違いといった摩擦が、普段の日常と比べて増幅されてもおかしくはなかった。

ただ、吉田の側にも要因はあったかもしれない。家族だと思って探していたつもりだったが、どこかで潜水士としての自分を認められたいという思いもあった。そのせいか、吉田は何かの加減で自分を否定されたと思うと、それをそのまま相手に返してしまうようなところがあった。

その意味では、不明者の沈む海辺とは、近親者の死に揺れる遺族と、自尊心に揺れる吉田が互いにせめぎ合う場所でもあった。両者の思いが、時にこれ以上ないという感謝に結実したかと思えば、ある時は互いにぶつかり合うようなのっぴきならない状況に至ってしまうというのも、無理はなかったかもしれない。

いずれにしても吉田はこの閖上での捜索によって、改めて関係者に認められることになった。特に市長の佐々木から直々(じきじき)に「今後、海水浴場の警備にあたってほしい」と頼まれたことは大きかった。その時佐々木が考えていたことは、海難事故を受けて安全管理体制を変え、なんらかの明確な対策を打ち出さなければならないということだった。それについては市議会やマスコミからも突き上げを食らっていた。

そこで考えたのが、吉田を安全管理のプロとして据えることだった。佐々木は現場で聞いた吉田の話に、それまでの実績を含めた説得力を感じた。地元の消防や警察も吉田を頼っているようだった。

「〝潜り屋〟が一番海をわかっている」

これによって吉田はその年の残りの夏と、翌年からの五年間、海水浴場の警備と運営に携わることになった。

2

吉田が警備の主任として赴任することになった閖上の海水浴場は決して大きなものではなかった。地元の新聞河北新報が「東北の湘南」と銘打った通り、確かにこの辺り一帯の砂浜は数十キロも続く稀有なものではあった。ただ遊泳エリアに関しては、岸壁とサイクルスポーツセンターに挟まれたあたりの、幅が二百メートル、奥行きが百五十メートルほどの小さな遊泳場だった。海水浴客が二千人も入ってしまえば、砂浜はすぐに人でいっぱいになった。

それでも閖上の海水浴場はもともとの風光も手伝って人々に愛された。ジュースやかき氷を売るいくつかの露店や、砂浜の脇まで車を寄せることのできる駐車場があり、小さな港町に似つかわしく、こぢんまりとした落ち着きがあった。日曜日ともなれば、隣のゆりあげ港朝市を目指して県外からもやって来る大勢の客たちでにぎわった。

緩やかにしなる弓なりの浜辺に沿って松林が続き、梢を抜ける風がさわさわと涼しげな音を立てる。夏にはセリ科のハマボウフウが砂浜を這うように咲き、灼熱の砂を踏む人々の足の裏にひんやりとした感触を残した。

海を背にすると木立のあいだに遠い蔵王連峰がうっすらと見え、南の空には時おり仙台空港の滑走路を飛び立つ飛行機のエンジン音がうなり、やがて沖の彼方へと消えた。それは湘南というほどの派手さはないにせよ、地元の人々が長く愛してやまない、豊かな海辺の景色だった。

ただ海水浴場の運営体制は、特に初年度に限っていえば決して褒められたものではなかった。吉田が赴任した時、安全管理の備品として準備されていたものは海水浴客の命を守るものとしては不十分だった。

トランシーバーが二つとプラスチックの双眼鏡が三つ。小さな拡声器がたった一つだった。さらに安全管理の備品を一万円の予算で拡充してほしいとのことだったが、当然のことながらそのような予算では何もできなかった。

「こんなことではまた犠牲者が出るぞ」

吉田はそう訴えながら、市側と交渉し、安全管理体制を拡充していった。機材はそれまで救出の際に使っていたサーフボードから、ライフセーバー用に細長い浮きに買い替えたり、バッテリー式の水中スクーターを購入したりした。

さらに遊泳ロープの範囲を狭くし、もともと小さかった海水浴場をさらに小さなものにした。このことによって、危険な事故が起きてもすぐに救助にあたれるようになった。アルバイトを雇い、救護班と警備班に分かれて水陸の両面の警備にあたる体制も作った。遊泳エリアを三つに分け、救護班はドライスーツを着て一時間交代で沖のほうを回遊し、海水浴客に異常があれば、すぐに泳いで救助に向かうことができるという具合だった。加えて陸上班は二棟の監視台の上からビーチの全体を見渡す。さらにビーチの上にも椅子を三つほど置き、そこにも人を配置した。

吉田は当初、この海水浴場の仕事があまり好きではなかった。むしろ、どこか軽んじているところさえあったかもしれない。危険度の高い不明者の引き上げ現場の緊張に比べれば、確かに閑上の小さな浜辺はのんびりとした雰囲気があった。

それに加えて、現場も必ずしもうまくは回らなかった。当初、警備のアルバイトに集まってきたのは、地元の若い漁師たちだった。夏場は禁漁期間にあたるため、彼らは暇を持て余していた。その漁師たちへの救済策の意味も込めて彼らを雇い、その上に吉田を立たせて、統率する。それが市長だった佐々木の目論見だった。しかし若い漁師たちはサボることもあり、なかなか吉田の言うことを聞かなかった。

「これじゃ責任持てませんね」

この頃の吉田は、物事がうまくいかないとふてくされ、自分の主張がうまく通らないと「だったら俺、もうやめるわ」と口にすることも多かった。

依頼をかけた佐々木も吉田の態度には手を焼いた。しかし吉田がいなくなれば海水浴場の存続にも関わる。叱り、たしなめて導く必要があった。

「仕事を引き受けたからには、やめるなんて絶対に言うな。やめると言われて、信用する奴がいるか？　信用が大事なんだぞ。一度でもやめると言った奴にものを頼むか？　何をするにもやめると言うな」

佐々木はそんなことを何度も繰り返し吉田に言い聞かせた。真面目に仕事をしなかった若い漁師たちも困りものではあったが、吉田の態度も問題ではあった。佐々木は、吉田のすぐに「やめる」と言い出す態度をこう見ていた。

狭い名取市界隈で土木潜水の技術を持った人間もそう多くはない。だから頼むほうは無理にでも頼んでくるのだろう。佐々木が見た海水浴場の事故現場での捜索もそうだった。

ところがそのように頼み込まれるのが当たり前になってくると、需給のバランスでいえば「俺が断ったら困るだろう」という立場になっていく。そうなると自分のほうが立場が上なのだと錯覚しはじめる。アドバイスする立場のはずが、いつの間にか上から指示を出しているかのような態度になっているのもそこからきているのだろう。

佐々木の見立てはもちろん間違ってはいなかった。ただ吉田の投げやりな態度の背後には、破産して覇気が失われていたことがあったかもしれない。人に裏切られるかたちでの破産を経験してからというもの、吉田はあらゆる物事をどこか斜に構えて見るようになっていた。

覇気のなさ、といえば海水浴場の運営にアルバイトとしてやって来た若者たちにも、どこかしら似通ったものがあったかもしれない。海水浴場が始まって二年目の夏からは漁師の他に、市役所が募集をかけた地元のアルバイトの若者たちが加わった。

「友達に誘われたから」
「女の人、いっぱい来そうだったから」
「金貯めて旅行に行きたいんです」

アルバイトに応募した理由がそれぞれに若者らしかったという点はまだよいとしても、海水浴場の警備が人命に関わる重要な仕事であるということを自覚している者は、果たしてどれだけいるのだろうかと、吉田は思った。さらに海水浴場が始まってからも「彼女にフラれて、やる気がないので休みます」と呆れるようなことを言ってくる者も中にはいた。

半ば自らの人生にふてくされていた吉田がそんな若者たちに多くを期待するはずもなかった。「とりあえずちゃんとやれ、人の命を守るのは大変なのだから」そうハッパをかけるくらいのものだった。そんな具合だったから、初年度は覇気のない大人が覇気のない若者に指示を出しているという、ある意味では危うい現場だったかもしれない。

だがこうした膠着状態を破ったのは吉田ではなく、意外にも覇気がないと思われていた若者たちのほうだった。当初、若者たちにあまり期待を寄せていなかった吉田だったが、それでも入ってきた彼らに一から色々と教えなければ仕事にならない。目上の人にはしっかり挨拶をしろ、子どもには立ってしゃべらず、しゃがんで子どもの目線になれ、といったことから、ゴミ拾いや忘れ物の確認、救助態勢や準備などまでだった。

すると何人かの若者がきびきびと動き出した。何か一つ指示を出すたびに「はい！」と元気よく答え、わからないことがあれば素直に「どうしたらいいんですか？」と聞いてきた。それは久しく見ていなかった若者の清々しい姿だった。

そこにいた若者たちが一般的な若者と比べて特別だったかといえば、そうではなかったかもしれない。ただ人に出し抜かれて破産を経験するまでのあいだに、吉田は人間に対する猜疑心を膨らませていた。そんな吉田にとって、ごく普通の若者たちの純粋さがまぶしく映ったとしても不思議ではなかった。そしてそれは吉田の心にも変化をもたらした。

「若えやつがやる気になっているのに、自分だけふてくされていてはいけないな」

3

運営にも力が入りはじめた。とりわけ、海水浴場の運営を取り仕切っていた漁業組合の面々が現場に来なくなり、吉田が主任として実質的な運営を任されるようになった三年目以降は、裁量によって独自のカラーを出していくことが可能となった。

ビーチに砂を盛ってステージを作り、ＤＪを連れてきたり、地元のロックバンドに演奏をさせたり、あるいは海水浴客にリクエストを聞いて、流行りの曲をかけたりもした。

場内アナウンスも、工夫のしどころだった。管理棟の屋根に登って双眼鏡を覗くと砂浜の海水浴客の動きがよく見える。中には羽目を外して遊泳禁止のエリアへ出たり、沖に張ってある浮きやロープを触りにいってしまう人もいた。彼らに注意を促すのも吉田の仕事だった。最初は普通に標準語で「ロープより沖には行かないでください」などとアナウンスをしていた。ところがある時、吉田が忙しくバタバタしていて、うっかり女川の訛(なま)りのままマイクでしゃべってしまったことがあった。

「そっちのほうさ、いぐな。こっちさ戻ってきてけろ」

これが意外と客に好評だった。閖上のビーチには宮城県内はおろか、秋田や山形、福島などからも客が来ていたが、自分自身の方言を持っている地域からの客が多かった。そのこともあって、つい方言が出てしまったことが共感と温かみを生んだのかもしれない。それからというもの、吉田はこのアナウンスをもっと面白いものにできないかと工夫を重ね、磨きをかけていった。

「すいませーん、沖のほうの黄色い浮き輪の方、聞こえますかー。沖のロープに触って帰ってきても景品出ないんで、やめてください」

これもイントネーションに微妙な訛りを含ませる。沖まで行こうとしている客も、大概は仲間うちで目立とうとしてやっているため、注意されて恥ずかしい思いをしながらも半分喜んでいるということになる。あるいは、浮き輪をつけたカップルが沖のほうに行ってしまった時はこんな呼びかけをした。

「そちらの水色の浮き輪の方と、ピンクの浮き輪の方、聞こえますかー、聞こえたら手を振ってください。はい、二人で仲いいですね。そのまま手をつないで足のつく範囲まで戻ってくださいねー」

するとカップルははにかみながら戻ってくる。通りいっぺんのつまらない注意だと客も気分を害するだけだが、他の客たちに注目させるとみんな笑いながら戻ってくれるというわけだった。楽しさと安全を両方目指した結果だったが、次第に海水浴場のちょっとした名物パフォーマンスのようになっていった。気がつくと、吉田はこの仕事が好きになっていた。破産によって色彩を失っていた日々に彩りが戻ってきた。

アルバイトの若者たちも育てなければならなかった。入ってくる多くは地元の学生だったが、中には定職につかないでフラフラとしている覇気のない者もいた。吉田はとりわけ彼らのことが気になった。

彼らの覇気のなさとは、破産した吉田自身の覇気のなさとはまた違った、どこかつかみどころのないものだった。吉田の覇気のなさとは、根本的には自分を離れていった人間に対する不信から来ていた。しかし、彼らにはそうした人を疑うような影はなかった。むしろ、吉田の言うことをよく聞いた。「朝起きるのが辛い」と言って遅刻してくるような頼りなさはあったものの、決して根が不真面目だということではなかった。性格は真面目なのだが、物事に執着がなく無気力ですぐに何かをあきらめてしまう。そしてどこかで自分自身を低く評価しているようなところがあった。

ある時若者の一人が吉田の車を見て「吉田さんはカッコいい車に乗っていていいですよね」と言ったことがあった。吉田は若者を励ますつもりで、「みんなだって頑張って仕事すればこういう車も乗れるし、好きなものだって買える」と言った。

ところが返ってきたのは「いやあ、うちら就職できるかもわからないですし。それよりあんまり無駄遣いしないで、少し食べられる分だけあればいいかなって思うんです」という言葉だった。

まさにのれんに腕押しだった。吉田の手前、若者なりに謙遜（けんそん）してそんな言葉を吐いたのかもしれなかったが、その謙虚さも含めて、若者たちがどこか小さくまとまっているように思えた。あるいは何か一つのことに取り組んで達成感を覚えるような経験に乏しいようにも映った。

吉田はそんな彼らに、人命に関わる重要な仕事を任せ、責任感を育んだ。実際のところ彼らの出番は少なくなかった。ほぼ毎日、何かしらの救助要請があった。

ある日の夕方、閉門間際だった。みな掃除に夢中になっていた。ふと南側の波打ち際を見ると、若い男がこちらに手を振っていた。何かと思って双眼鏡を覗いた。すると波が砕ける辺りの海中に横たわるもう一つの人影が見えた。

「助けに行け！」

吉田自身も走って行き、みなで摑（つか）んで陸に上げた。幸い意識ははっきりしていたが、あと一分遅かったらどうなっていたかわからない。

サーファーの事故はもっとひどかった。サーフボードから伸びたリーシュコードが、遊泳エリアのロープに絡まってしまった。自力では浮かんでこられず、助けた時には白目をむいて心肺停止の寸前だった。サーファーは救急車で運ばれていった。

「いい加減な気持ちでやると、人の命に関わるぞ」

あわやという事故だけではなかった。毎年、初年度の事故の命日には、必ず花束と線香を持って海辺を訪れる両親の姿があった。七夕祭りの時期に市長が駆けつけ、吉田も捜索に加わった、あの事故だった。華やいだビーチの一角に死者の影が射し、海のなんたるかが無言のうちに示された。


客に喜んで帰ってもらうことも徹底した。ある時若いカップルのうちの女性が泣いていた。誕生日に恋人と一緒に買いにいった思い出の指輪を砂浜に落としてしまったらしい。すぐに大人数で細い熊手を使って砂浜の上をくまなく探した。

ほどなくして誰かが「ありましたっ」と声を上げる。

「ありがとうございます、これです」

女性は感激したのか、わざわざ一回帰ってジュースを山ほど買ってきてくれ、それをみんなで飲んだりした。人のために役に立ち、感謝されると若者たちの表情も自然とはつらつとしたものになった。

あとは楽しくやった。もともと海が好きで集まってきた若者たちは、夕方に客がはけるのを心待ちにしていた。

「主任、泳いできていいですか」

「おお、いいぞ。泳いでこい」

「やったあ」

吉田は管理棟から、はしゃぐ彼らをしばらく眺めたりした。

「どうだ」

「いやあ、やっぱり海はいいっすね。でもあそこの玉はずれてましたよ。あとこっち深くなってました」

「じゃあ、そこ気をつけなきゃいけねえな」

それがまた次の日の警備に役立った。

「主任、音楽聞いていいすか？」

片づけの合間に誰かがそう言えば、「おう、みんなにも聞かせてやれ」と言って、管理棟の内部スピーカーだけでなく、砂浜全体に聞こえるようにスイッチを切り替えてやった。

「あ、この曲知ってる」

盛り上がっている彼らを見るのも、それはそれで楽しかった。

そんな合間に、吉田はふと仙台港での引き上げの日々を思い出すことがあった。不謹慎すれすれの奇妙な笑いを浮かべて暗い海に潜り、劣等感をはねのけて、いくつもの遺体を引き上げた日々。その海底には様々な人がいた。喪服を着て岸壁に子どもたちを残していった母親や、保険金を残していった板金屋の男性がいた。破産した吉田もある意味で彼らの近くまで行ったといえなくもない。少なくとも出口のなさという意味においては。

しかし、浜辺で若者たちと楽しくやっていると、それらの日々が遠いことのように思われた。

澱(よど)んだ水の底で人々の最期の表情を見た日々を、ある断層の向こうに置いてきたようだともいえた。彼らは深淵の向こう、「あちら側」に行ってしまった。

自分は今、「こちら側」に生きている。それはまだ日の射す世界だった。

結局、何が二つを分けるのか。答えは難しいかもしれない。しかし、吉田にはそれが誰かに必要とされていると思えるかどうかだという気がしてならなかった。若者たちを励まし、励まされる毎日に、吉田は「こちら側」にとどまるための確かなものを感じつつあった。


閖上ビーチには思わぬ訪問客もあった。ある夕方、閉場間際に正門からトランシーバーの連絡が入った。

「障害者の方がどうしても海が見たくて来たんです。人がいなくなってからと思って来たらしいんです。どうしますか」

「わかった、入れろ」

車椅子に乗った十三、四歳くらいの男の子が父母に付き添われていた。男の子は筋ジストロフィーを患(わずら)っていた。両親がワンボックスカーの中から車椅子を出し、駐車場の砂利道まで押してやって来た。

まだ明るかったが、太陽が傾いて遠い蔵王の峰々が美しい夕焼けに染まり、海の景色を楽しむにはちょうどいい時間だった。だが砂浜の手前からでは管理棟や店が視界を遮(さえぎ)り、肝心の海が見えなかった。監視台の監視員を呼ぶと、吉田は太いタイヤのついた砂浜用の車椅子を持ってこさせ、砂浜に連れてくるように言った。

監視員たちが「こっちの車椅子に乗ってください」と促したが「時間も過ぎているから」と両親は遠慮した。

「いや、大丈夫です。それまで海水浴場を開けていますから」

吉田が言うと両親はそれではと、砂浜用の車椅子を押しはじめた。そのまま波打ち際まで行き、ちょうど少年の素足が海水に浸るところで車椅子を止めた。

「海だよ。よかったね、入れてもらってね」

少年はじっとしていて動かなかった。ただ目だけが何かを感じているようだった。不意に母親が話し出した。

「どこの海水浴場にも、人がいなくなるまで待ってこっそり行っていたんです。こういうふうにわざわざ門を閉めないで、開けてもらって、警備の人に付き添ってもらって海に来たことなんてないんです……」

吉田はしばらくの間、両親と少年の三人だけにしてやった後、写真を撮ってやり、「ぜひまた来てください」と言って帰した。

彼らが再びやって来たのは翌年の夏だった。ただしその時、車椅子の少年はいなかった。聞けば吉田たちと海で会った数か月後の十一月に少年は亡くなったとのことだった。前年に撮ってやった写真を出すなり、母親はつぶやくように言った。

「生きているうちにもう一度来たかったけど……。どうしても病気の進行が早くて来られませんでした。あの時はどうも。またすぐに来られると思ったんですけど、なかなか来る気になれなくて」

少年がやって来た翌年から、話を聞きつけたのか、なぜか障害者の団体の問い合わせが多くなった。車椅子で入れる海水浴場というのが他にそうたくさんあるわけではないのか、それからというもの、閖上の海水浴場には障害者が団体で訪れるようになった。


警備のアルバイトの若者たちも次第に変わっていった。最初は覇気のなかった若者たちも彼らなりに仕事に誇りと責任感を持つようになっていった。吉田が新しい警備員を探しているといえば、若者たちが自ら「この友達はいい加減だからダメ、この友達ならしっかりしているからいい」というふうに、警備にふさわしい友達を選んでいった。

吉田はそれを見て「いいんだよ、誰を連れてきたって」と言ったが、「いや、いい加減なやつ連れてきて、もし事故とか起きたら大変ですから」と言った。

当番が休みの日にもかかわらず、恋人を連れてきて「手伝っていいすか？」と聞いてくる者もあった。「何も出ねえぞ」と言っても聞かない。どうやら自分が頑張っている海水浴場の警備のことを恋人にも見せたいということのようだった。

夏が終わる頃、プレハブの管理棟や監視台とサウンドステージがすべて撤去されると、閑散とした元の砂浜に戻った。なんとなく寂しい雰囲気になった。

「今年の夏も終わ[illegible]たなあ」

「来年もやるんですか?」

そんな言葉が聞かれる頃には皆の顔つきもだいぶ精悍になっていた。日焼けをしたのはもちろんのこと、自信ややりがいがにじみ、自然と晴れやかな表情になっていた。ひと夏の間に大きく変わった教え子を見たクラスの担任に「吉田さん、どんな指導をしたんですか」と驚かれたこともあった。彼らはのちに消防士、看護師、土木作業員とそれぞれの道に進んだ。そして、翌年の夏になると時間を見つけては顔を覗かせ、「できるならまたやりたいんです」と言いながら、その年に新しく入ってきた若者たちの面倒を見たりもした。

4

二〇一〇年——吉田が海水浴場での仕事に携わるようになってから五年が過ぎようとしていた。その間に吉田は再び会社を立ち上げていた。社業と併行しての海水浴場警備では無事故が長らく続き、準備の流れも要領よく運ぶようになっていた。春先に定期的にいくつかの場所で砂浜の深さを測りはじめ、その年の砂の流れを把握する。砂の流れ方によって、その年の遊泳区域が決まる。それをもとに遊泳区画の整理、サウンドステージの構築などを次々とこなしていく。
ただ一つ手のかかることがあるとすれば、それは毎年入れ替わりで新しく入ってくる若者たちの面倒を見るということだった。その都度、一から教えなければならないこともあるが、多様な個性を持った若者たちをまとめて一つの方向に向かわせるのは簡単なことではなかった。

その年に入ってきた根来淳という青年も、少しばかり変わっていたかもしれない。根来はすでに海水浴場でリーダー格となっていたいとこに誘われて面接を受けに来た十九歳だった。色白で肉付きが良く、どことなく大人びてはいたものの、口数も少なく、海辺で活躍するライフセーバーとはかなりかけ離れた印象だった。

「今、何やってるんだ？」

「いや、働いていなくて……何もしていないです……」

「これから、どうするつもりなんだ？　将来、なんかあるのか？」

「いや、特に……」

根来は面接だというのにボソボソとしゃべり、視線は定まらず、泳いでいた。やる気のない若者というのはそれまでにたくさん入ってきていたが、彼らとはまったく違う印象を受けた。根来は生気に乏しく、大げさにいえばどこか闇のようなものを抱えている気がした。

吉田は、基本的にはどんな若者でも希望すれば受け入れていたため、「すぐに講習に来い」と言った。しかし数十分の面接で、すでに根来のことが気になりはじめていた。この男が放つ、よどみのようなものはどこから来るのだろうか……。

吉田はそれから数日後に根来を呼び出して、飯に誘った。根来のことを知りたいと思った吉田は、それとなく普段の生活ぶりなどを聞いていった。

根来はぽつぽつとだが、自分のことを話しはじめた。根来は地元の農業高校を卒業してから建築関係の会社に就職したがすぐにやめ、それから憧(あこが)れていた車屋の仕事についたが、それも続かず、今は仕事をしていないとのことだった。

その頃の根来は、昼間は家でゴロゴロとしており、夜になると気心の知れた何人かの仲間に誘われるまま、車で夜景が見える丘に登ったり、夜の海に釣り糸を垂らしたりということを繰り返して、なんとなく数か月を過ごしていた。

根来の両親は離婚しており、父親は離れて暮らしていた。根来は多くを語らなかったが、母親との暮らしにも何かしらうまくいかないものを抱えているようだった。

吉田は根来の生い立ちや暮らしぶりを聴いているうちに、ふと亡くなった自分の叔父(おじ)のことを思い出した。自分は両親との仲がうまくいかなかった時も、なんでも相談できる叔父の存在が支えてくれていた。しかし聞けば、根来にはそのようななんでも話せる大人というのが周りにいないようだった。

吉田が根来の持つよどみのようなものが気になったのは、吉田自身の中にも近しいものがあったからかもしれない。破産して離れていく人々に失望していた頃の吉田も、ある種のよどみの中に捉(とら)われていた、といえなくもなかった。

それから数日後に、吉田は根来を車屋に連れていった。自分が会社で買おうとしている車を見にいく予定だったが、車好きな根来なら面白がるかもしれないと思ったのだ。

根来は吉田のことを変わった大人だなと思いつつ、言われるままについていった。その頃周囲の大人といえば、世間でいうところのニートという状態だった根来に会うなり、「仕事につけ」といった、通り一遍の説教をして終わりという具合だった。当時の根来はそれ以上大人たちと関わりを持ちたくないなと思っていた。ただ吉田はそんな大人たちと違って自分を見下さず、フランクに話ができる大人であるような気がした。

やがて海開きの日がやって来た。今年も無事故で終えなければならない。神主（かんぬし）を呼んで市長などの関係者が次々と榊（さかき）を納めるさなかにも、客たちが続々と海に入りはじめ、追いかけるようにバタバタと警備が始まった。

その年の夏に集まったアルバイトの面々には、普段からサーフィンや水球に親しむ学生など、活発な連中が多かった。その中に入ると、色白で肉付きの良い根来は、すこしばかり頼りなく映った。

吉田は毎年やっているように、集まった面々の中から泳げる者、動ける者を警備の中心に据えた。根来は先立って行われた安全講習会で「泳げません」と申告し、裏方に回されることになった。

それはトイレとロッカーとシャワー室のあいだにパラソルと椅子を置いて座り、客が来たら百円の使用料を徴収するというものだった。トイレやロッカーの掃除をしたり、トイレットペーパーの交換をしたりという仕事もあった。

救命チームに加われなかった根来だったが、光るものがないというわけではなかった。根来は地味な仕事を愚直にこなした。ある時、皆が昼休憩に入り、少し離れたところで一人仕事をしていた根来だけが休憩の声掛けを忘れられたことがあった。その時も根来は休憩を取らずに黙って仕事を続けていた。

忙しかった吉田は「自分で判断して、休憩を取れ」と思わなくもなかったが、とにかく不満を言わず、言われた通りにこなすという根来の一面が見えた。加えて、終業後に報告をさせると、現場で起きたことや客の動きなどを細かく覚えていて、かなりしっかりとした報告をしてきた。

物静かで目立つわけではないが、真面目で集中力があり、慎重で物事をよく観察しているというのが印象だった。それは他のメンバーにはない、根来の秀でた能力だといえた。

ただし吉田はそんな根来の長所について、あえて細かくは伝えなかった。

「お前は人にないものを持っている。気づいていないだけ、やっていないだけ。お前には能力があるんだ」

そんな物言いは、若い根来には謎かけのように聞こえた。能力があると言われて嬉しいが、その能力が何なのかわからない。結局、自分で考えろ、ということのようだった。

その夏、根来にとって一つだけ変わっていることがあったとすれば、それは他の面々が朝八時前集合のところ、根来だけが「六時前に来い」と言われていたことだった。それは初日から始まり、次の日も、その次の日も続いた。

根来からすれば「どうして俺だけ早いのだろう」といぶかってもよいものだが、根来には何も聞かずに言われた通りに従うようなところがあった。

吉田としては、根来は金がないと聞いていたため、少しでもアルバイト時間を長くしてやり、賃金を払ってやろうと考えていた。それに早起きをさせることは、それまでの怠(なま)け癖を取り除くのにもちょうどよいというのもあった。

いずれにしても毎朝、六時前にはビーチに着き、門の前で待っていた吉田と一緒に中に入っていくというのが根来の日課になった。とはいえ、朝早く海に来ても、簡単なゴミ拾いなどをする以外には、特に何かをするというわけでもなかった。吉田は事務所を開け、ラジオをつけ、椅子に座って沖を眺めていた。遊泳できるかどうかを判断しているのだった。特に忙しいというのでもない。

「昨日、どうしてたのや？」

何げない会話が、ひと夏のあいだ、早朝の海辺で静かに続いていった。

そんな合間に吉田は自分の家庭のことを話したことがあった。母親とのねじれた関係の中、金を取られたり、会社の金を使い込まれたりした話だった。

「子どもってのは、親を選べない。それは宿命なんだ」

その頃、親との距離を模索していた根来は、「宿命で終わりなのか」と思ったが、黙って聞いていた。そんな根来に吉田は語気を強めた。大変なのはわかるが、自分だけが大変だと思うな。他にも大変な人はいる。そう思えば、頑張れるだろう。あきらめるな。吉田はどこかで、慕っていた叔父のように、誰かを導ける大人でありたかった。

吉田はある時、自分の夢を語った。

「どんな仕事になるかわからないが、いつか成功して、ビルを建てて、そこで会議をする。そうしたら第一にお前を呼ぶからな」

破産して五年。小さな会社を再建していたとはいえ、まだ何のあてもない夢に過ぎなかった。しかし若者たちの純粋さに触れ、吉田の中にもまっすぐなものが芽生えはじめていた。人生の季節が一つ前へと巡りつつあった。


根来も、どこかで変われそうな自分を感じていた。ひと夏のあいだ、欠かさず六時前に海に行けた自分に驚いた。夏が来る前の根来は二十歳を前にして「それなりの人生」というあきらめのようなものを抱いていた。子どもの頃からの夢だった車の仕事も、社長に怒られることが続くうちにつまらなくなってやめてしまった。何より夢を簡単に捨ててしまえた自分に失望した。ニートになった自分を見て幾人かの友達に馬鹿にされたことも、若い日々に影をもたらした。だが、吉田と過ごした海の日々が、色彩のなかった根来の日常に変化をもたらした気がした。

「この人についていけば、何かが見えてくるのかな」

その年の夏が終わる頃、根来はどこかでそんな気持ちを抱きはじめていた。

5

　吉田を慕ってきた若者たちの多くは、現代っ子らしく、その若さをもてあましているようなところがあった。根来のように引きこもりがちになるか、あるいは少しばかりの酒やタバコを覚えて羽目を外してみるか、表面的な違いこそあれ、大なり小なりどこかで自分を探していた。

　ただ、中には稀にはっきりとした夢を持っている者もいた。根来の翌年にやって来た木村郁人という青年がそうだった。彼の夢とは高校を卒業して自衛官になることだった。「夢を持って稼がなきゃダメだ」とことあるごとに言っていた吉田にとって、最初から夢を持った木村の存在は新鮮に映った。


「アルバイトしたいの？」

「はい。俺も頑張りますんで、よろしくお願いします」

　友人に紹介されて入ってきた当初の木村の印象は、いたって普通の青年だった。髪を染めて目立とうということもなく、言葉遣いも丁寧で真面目な印象を受けた。やんちゃな若者も多い中で、少し埋もれてしまうのではないかというくらいだった。だが木村が毎日海水浴場に通うようになって吉田が気づいたことは、その真面目さがむしろ際立って見えはじめたということだった。

紹介者の友人が「ちょっと変わったところのあるやつなんです」と言った通り、木村には世間慣れしていないような固さがあった。それは言われたことには脇目も振らずにのめり込むような、ばか真面目さだともいえた。

ある時、海水浴場の運営が終わった後、スタッフみんなで花火をやろうということになった。周りの連中は早く花火をやりたくてうずうずしていたが、木村だけは「お客さんがいなくなってからだって、主任が言ってるだろ」と周囲をたしなめ、真面目に吉田の言いつけを守ったりした。

生真面目な性格は仕事だけではなかった。たとえばカードゲームをして負けるとものすごく悔しがり、勝つまで続け、逆にゲームに勝つとすごい喜びようだった。

そんなふうに周りと比べてひときわ純粋なところがあった木村のことを、当初、吉田は集団生活になじめるかどうか心配に思うこともあった。実際のところ、木村はやんちゃな若者集団の中で少し浮いてしまうところもあった。しかし、そのばか真面目さが周囲にとって一旦キャラっぽく映りはじめると、いじられながらも次第に集団に溶け込んでいった。八月の花火大会をする頃にはだいぶ打ち解けるようになり、吉田もホッとした。少しくらい変わっている人間も互いに受け入れてまとまっていくことができたと思えた。

木村の家庭には母親がいなかった。そのため父と祖父母が木村と木村の弟を育てていた。木村は母親がいないことをあまり話そうとせず、「育ててくれたのは父親です」と言っていた。

吉田には母親のいない家庭に育った青年は少しくらいひねくれてもおかしくはないと思えたが、木村は父親思いのいい息子だと映った。ある時その木村が母親のことを口悪く言ったことがあった。

「親父（おやじ）とか自分を置いて出て行くなんて信じられない」

淡々と話した木村だったが、その様子は逆に想い（おも）の深さを示しているような気がした。木村の気持ちはわからなくもなかったが、吉田は諭すように言った。

「出て行った母ちゃんにしても、何かやむにやまれない事情があったんでねえの。今くらいの年だと、恨むような気持ちになるかもしれねえ。もう少し年を重ねれば気持ちも変わってくるかもしれねえ。お母さんを恨んじゃいけねえ。自分の子どもが可愛（かわい）くねえ親なんていねえんだから」

ただ木村に向けられた吉田の言葉には、吉田自身にとっての弁解の響きがいくらか含まれていたかもしれない。吉田は最初の妻と別れた後、息子二人をひとり親で育てなければならなかった。一時期などはその息子たちを置いて、家を出て行き、一人独立のために奔走したこともあった。木村の母親の行為は、吉田にも身に覚えのないことではなかった。

吉田は木村のようなひとり親で育った青年の面倒をつい見てしまうようなところがあったが、それはどこかで吉田自身の取り返しのつかなさを埋めようとしていたといえなくもなかった。

吉田は木村の祖母に一度だけ会ったことがあった。八月の夏の終わりのことだった。海水浴場で使う道具を運ぶため、吉田が「誰かトラックを持っていないか」と探していたところ、木村が「うちにトラックありますから」と申し出、木村の実家に一緒に借りにいった。すると小柄で物静かな老女が出てきて「うちの郁人がいつもお世話になっています」と弱々しく挨拶をした。「本当にいつも吉田さんのことばかり話しているんですよ」祖母の姿からは、いくらか内気で変わったところのある木村を心から心配していたのだろうということが伝わってきた。

木村は陸上自衛隊に入りたいと常々言っていた。銃が好きで、近所の野っ原で地元の同好会らしき集まりに参加し、サバイバルゲームの撃ち合いをやっていた。

「全天候型のサバイバルゲームコートのような施設を作れば絶対に流行りますよ」

興奮してそうしゃべっていたこともあった。木村の銃についての知識には抜きん出たものがあった。あらゆる銃の名前を覚えているのはもちろん、モデルガンを解体してもう一度組み立て直すこともできた。ある時、吉田が「銃を撃った時の反動はどれくらいか」と聞いてみると、木村は銃の型ごとに反動の強さや発砲音や弾の種類などをこと細かに説明しはじめ、その話はいつまでも尽きることがなかった。吉田が感心して「さすがだな」と言ってやると「はい、俺、これすごく勉強したんですよ」と誇らしげに言った。

そんなふうに木村が銃の話をしはじめることはよくあることで、一旦そうなると興味のない周囲の若者たちは、「鉄砲マニア、また始まったよ」と半ば呆れながらそれを聞いていた。

ただ木村の自衛隊への憧れが、国を守るとか人を守るといったような使命感まで及んでいるかどうか、その時点では吉田にはわからなかった。迷彩服を着て銃を持って、訓練をする。単純にそういう職業への憧れだと思えた。

適性はどうだっただろうか。泳ぎがさほど得意でないという意味で体力面での不安要素はあった。だが性格は向いているように思えた。真面目すぎるほどの一面は、自衛隊の規律の正しさに合うと思えたし、厳格な上下関係や階級制度なども性に合っていると思えた。海水浴場の警備にしても、仕事に手を抜くと時には人命に関わるということを重く受け止めているようだった。

木村のまっすぐさは、不思議と吉田に自身の若い頃を思い起こさせた。まだ半人前の潜水士に過ぎなかった頃、吉田は陸上作業員として先輩作業員たちから使いっ走りにされたり、さぼっている先輩作業員の代わりに仕事をやらされたりした。頑張ってもなかなか認められず、一生懸命やっても褒められることもなかった。だがいつかは現場で指揮を執れるような現場監督になりたいと憧れていた。木村の自衛官への憧れはそうした若い頃の純粋な気持ちを思い出させた。

前年に入ってきた根来が若くして一度夢破れてしまったとすれば、木村の夢はまだ生きていた。不器用ではあったが、輝いてもいた。人の人生のうち、若さと夢を両方持っている時期というのは限られている。だとすれば、吉田はそのまっすぐな日々を応援してやりたかった。

ところが木村は、その年の秋に陸上自衛官の採用試験を受け、落ちてしまった。受かるだろうと踏んでいた吉田としても意外な報告だった。木村は落ち込んでいたが、「次も受ければいい」と吉田は励ました。

だが木村の話を聞いているうちに、吉田の会社に入る方向で話がまとまってしまった。他に就職先もなくて困っていた木村を「それならうちで働くか」と誘ったのは吉田だった。吉田としても木村が慕ってくることに関して悪い気はしなかった。

ただ、内心では困ったことになったという思いもあった。というのも吉田の会社にはすでに同い年の佐伯優也（さえきゆうや）という青年の入社が決まっていたからだった。佐伯は、出会った頃、海水浴場のフェンスに海水パンツを引っかけて遊んでいた、地元のヤンキー青年に過ぎなかった。

「おじさん、バイト雇ってないんすか？　俺、泳ぎ得意なんすよね」

生意気な口をきいていたが、ひと夏の間アルバイトとして採用し、吉田が鍛えてやると素直になり、慕ってくるようになった。そして高校卒業に際して進路に困った佐伯は、何を思ったか就職先の欄に勝手に吉田の会社の名前を書いて提出した。

「だって吉田さん、困ったら助けてやるって言ったじゃないですか」

確かにそうは言ったが、就職の面倒まで見るつもりはなかった。驚いた吉田だったが、佐伯を見放すわけにもいかず、結局は雇うことになった。そんなお調子者の佐伯はある意味で生真面目な木村とは正反対の性格だった。

いずれにしても佐伯を入れて、木村だけ入れないというわけにはいかなかった。二人を食わせていくだけの仕事が取れるかどうか……。腹をくくって面倒を見るしかなかった。

十一月には測量の仕事で静岡まで二人を連れていった。海に着くと、泳ぎの苦手な木村が巻尺を持って砂浜に立ち、泳げる佐伯が反対側を持って海に入った。木村はそれまで修学旅行以外で宮城県を出たことがなかったらしく、佐伯と二人、「楽しいです」とはしゃいでいた。

ところがその後、木村から「吉田さん、ちょっとお話があるんです」と電話が来た。

「実は繰り上げで自衛隊に受かっていたんです……」

神妙な声をしていた。やっぱり自衛隊に行きたいと言いたいのだろうなと思った。

「あの、親父と挨拶に行ってもいいですか？」

三日後に木村は父親を伴ってやって来た。手には一ダースのビールを丁寧に包装紙に包んで持っていた。吉田はその時、はじめて父と対面した。

「郁人も相当悩んだんですけれども、吉田さんに内定までもらっていたんですが……。自衛隊のほうに入りたいと言っているんです。なんとか許してもらえませんか」

スジを通す、という意味では怒ってもよいところではあった。自衛隊に落ちたから面倒を見るということになったのに、繰り上げで受かったからといってそう簡単に翻せるものでもない。世の中それでは通じないだろう。自衛隊に行くにしても、義理でも一年間はうちで稼いでから行くのがスジだろう。実際、そんな言葉も出かかった。しかし吉田はなぜか別のことを言っていた。

「うちなんかいつ潰れるかわからないような小さい会社だ。小さい頃からずっと自衛隊に行きたかったんだろう？」

「はい……」

「うちのことは気にするな。自衛隊さ行け。遠慮すっことねえから」

「本当ですか。社長からそう言ってもらえるなら、本当に助かるんです」

言いながら、父親は付け足した。

「ただ、これで終わりだよ、もうつながりがなくなるよというのでは、息子としてもすごく辛いことなので……。できれば勝手な話ですけど、今まで通りなんとか可愛がってもらえませんか」

悪い気はしなかった。吉田は自衛隊で何年か働いて、もし続かなければ吉田のところに戻ってくればいいと言った。すると今まで悩んでいた木村の顔がぱっと明るくなった。

「いいんですか？　ありがとうございます！」

「良かったです。郁人はメシ食う時から何から、ずっと吉田さんの話しかしないんですよ。アルバイトを始めた時から息子の考え方も変わって」

父親もことのほか喜んでいた。そうした紆余曲折（うよきょくせつ）もあり、木村は春から始まる自衛官としての新生活を楽しみにしていた。

やがて高校の卒業式が終わり、もう少しで自衛官として就職するという春休みになっても、木村は吉田の事務所に遊びにやって来た。吉田の仕事が終わるのを待って、みんなで麻雀（マージャン）をやるのを楽しみにしていたのだ。麻雀牌（パイ）を並べながら、吉田は春先から始めようとしていた閖上の海水浴場の準備のことを話した。

「今年は佐伯と準備すっけど、木村は来られねえな。自衛隊さ行くものな」

「いや、五月の連休には必ず来ますよ」

「おお、そうか。来れんのか」

「はい。友達連れて、自衛隊の服着て行きますよ。匍匐前進で行っていいすか」

「おお、来い、来い」

そんなやり取りをした。帰り際、「木村、気をつけて帰れよ。就職決まっているんだからな」と送り出すと、木村は念を押すように「また来ていいすか」と聞いた。いつでも来いと吉田が答えると、木村は「お疲れさまでした」と言って、ヘルメットをかぶり、五十ccのエイプにまたがって走り去った。遠ざかるブーンというエンジン音を聞きながら、吉田はその姿を見つめていた。

第5章　破滅の午後

1

吉田は佐伯が運転する車の助手先に座っていた。二人は閖上から二十キロほど北に離れた利府の中古車センターまでジープを取りにいくところだった。

閖上の海水浴場の警備の仕事を任されてからというもの、吉田は毎年三月になるとその準備を始めることになっていた。シーズンオフのうちに救命道具を安く仕入れ、アルバイト警備員の講習の日程を決める。その年の夏が猛暑になりそうであれば、警備の人数を増やさなければいけない。それに今年は思い切ってビーチパトロール用のジープを新たに買い替えることにしていた。ちょうどそれを取りにいくところだった。

事務所を出て精麦所の巨大な銀色のサイロのそばを通り過ぎ、くすんだ水色の歩道橋がある五叉路を北に曲がると、緩やかなアーチを描く閖上大橋が見える。橋の手前が名取市で向こう側は仙台市。橋を渡り、海沿いの田畑の中を北に向かって車を走らせる。地元の人が浜街道と呼ぶ県道十号、塩釜亘理線だった。

　仙台市といってもこのあたりの風景に都会らしさはなかった。樽のように積まれた田んぼのわらや、重い色彩の松林にどんよりと垂れ込めた分厚い雲。それはどちらかといえば寂れた田舎の景色に近く、東北の遅い春を待つ、凍てついた空気もまだ厳しさを含んでいた。


　ウィーン、ウィーン。

　閖上大橋から三キロほど行った深沼海水浴場のあたりでふたりの携帯電話が同時に甲高い音を立てた。緊急地震速報だった。

「吉田さん、地震ですかね」

「ん？　エリアメールか、たいしたことねえべ」

　いつものことと思っていた。だが次第に車が大きくバウンドしはじめる。佐伯がハンドルをとられ、車がコントロールを失い出した。

「お、どうした。パンクでもしたのか？」

「いや、違います。地震です。電信柱、見てください」

　前を見ると電柱の列がみな、メトロノームの針のように左右に大きく揺れていた。これはまずいと思った。免許取り立ての佐伯では不安だ。吉田はすぐに車を脇に止めさせ、運転を交代しようとした。けれどもバウンドが激しさを増し、うまく降りられなかった。他の車も次々と運転をやめて路肩に駐車を始め、にわかに車の列ができた。一瞬、揺れが弱まった隙になんとか運転を交代した。近くの家からびっくりした老婆が外に飛び出してくるのが見えた。

経験したことのない大きな揺れ。家が壊れて大勢の人が怪我をするだろうと吉田は思った。今しがた渡ってきた閖上大橋も落ちたかもしれない。家族はどうだろう。自宅の妻と小学校にいる息子が気になった。それにその日に限って父である浩が閖上港で潜水作業に加わっていた。沿岸部の港町に津波が来るかもしれない。

激しい揺れは続いた。道路が飴細工のように波打ってねじれ、亀裂が走り、陥没する。家屋の土壁や瓦が崩れ落ち、あぜ道の土が用水路にぐしゃりとなだれ込んだ。見ると、先ほど家から飛び出した老婆は道路の真ん中で腰を抜かして動けなくなっていた。

「おばあさんを避難させてこい」

吉田は佐伯に指示を出した。佐伯は車を降りて走り寄ると、這っていた老婆に手を貸し、立ち上がらせてどうにか家の軒先まで連れていった。戻ってきた佐伯の表情にも不安があった。

「どうすればいいんですかね」

「とりあえず家族に電話しろ」

佐伯が携帯電話をかけたがつながらなかった。ただ佐伯の家は内陸部にあったため、大丈夫だろうと思った。

余震が続く中、吉田は車をUターンさせて、来た道を閖上のほうへ戻った。なぜか反対車線は渋滞もなく、閖上大橋までスムーズに戻ることができた。しかし橋のたもとまで戻ってくると、車がつまって進めなかった。事故が起きていたのだ。車を降りて近くにいた人に話を聞いた。大型トラックが荷崩れを起こして対向車が潰されているらしい。近寄ってみると、二十メートルはあろうかという工管が五本落ちて反対車線の二台の車が下敷きになっていた。地震の激しい揺れでトラックの荷台のチェーンブロックが外れ、括りつけていた工管が落ちたのだろう。

「中を確認しにいくぞ」

吉田は佐伯に声をかけたが、佐伯はひるんだ。手前の車はあきらかにぺしゃんこになっていたからだ。しかたなく吉田が一人で向かった。こんな時に自然と足が向かうのも、ある意味で吉田の習性のようなものだった。

近寄ってみると手前の一台は目も当てられない悲惨な状態だった。潰れすぎて中を覗く隙間もなく、確認するまでもなかった。ただ奥の軽自動車はある程度かたちが残っていた。助手席の窓から人影が見える。生きているだろうか。覗き込むと年配の男性がいた。天井を破った工管が首筋に直撃し、不自然なかたちでぐったりとうなだれたまま口から血を流していた。「お父さん、大丈夫か」反応はなかった。助手席からそっと手を伸ばして脈を取ったがダメだった。

ふと橋の上から川面に目をやった。いつになく水の流れが速く、海に向かって水が引いていくのがわかった。けれども沖のほう、どんよりとした雲と鉛色の水平線のあいだにはまだ何の変化も起きていなかった。

2

閖上は仙台駅と仙台空港の中間に位置する海辺の町で、仙台駅から約十キロメートルという近さを考えれば、非常にアクセスの良いベッドタウンではあった。しかし三方を田畑に囲まれ、東には太平洋に面した港があり、他の地域と隔てられた小さな町でもあった。

生まれてからの一生をこの町で過ごすという人も少なくない。彼らはたった一つしかない小学校、中学校を揃（そろ）って卒業し、中には同じ町で結婚生活を送り、同級生と生涯の近所付き合いを続ける人もいた。町で生活をしている年配者の中には電車の切符の買い方を知らない、という人もいるくらいだった。七十三歳になる大西善之助（おおにしぜんのすけ）という老人もまた、そんな町で生まれ育った生粋（きっすい）の閖上人の一人であった。

「大変なことになっていますよ」

大きな地震に驚いた大西が家に戻るなり嫁が言った。大西は午後の散歩がてら向かったショッピングセンターの駐車場で大きな地震に遭った。足元のアスファルトがまるで重りを乗せたこんにゃくのようになってしまうほどの揺れだった。七十年以上の人生でもはじめて味わう激震に不安が募った。

新築の家が壊れてはいないか、ガス漏れはないだろうか。家に戻ると、あらゆるものがひっくり返っていた。仏壇の仏具が壊れ、本棚の本も崩れて落ちていた。娘の成人式の写真や、町の料理店で撮った亡き妻との写真も倒れていた。足の踏み場もない。

家の前の通学路にも異変があった。縁側から外に目をやると、生け垣の向こうをたくさんの人が走っていく。親子連れや老夫婦の中に知った顔もあった。二キロほど離れた海岸沿いに住む同級生だった。

ずいぶんと遠くから逃げてきているなと思った。それから数分のうちに人々の数はみるみる増えていった。みな津波を恐れての避難だった。まさかここまでは来ないだろう。しかし、大西は嫁に促されて、すぐ目の前の小学校へ逃げることを決め、孫と三人で玄関を出た。ただ、門柱のところまで来た時、大西だけがふと足を止めた。

町内会の防災訓練を思い出した。地震の時はまず集会所で対策を話し合うことになっていた。自分だけが逃げたのでは非難の的になるかもしれない。一瞬迷った末、大西は目の前の小学校とは反対方向に向きを変えた。

その時、何かが目に飛び込んできた。県道の向こうの広い田んぼを何かがすごい勢いで押し寄せている。よく見ると港に係留されていたはずの漁船や、沿岸部の家屋だった。黒々とした濁流に押し流されていた。まずい。

大西は学校のほうへ走り出した。校庭には遠くから逃げてきた人々の車が何列も並んでいた。だがあれだけ通りを埋めていた人影は、なぜかすでになかった。自分が最後だった。校門を過ぎた時一度だけ振り返った。濁流が県道を越えて、まさに自分の家を飲み込もうとしていた。

前を向くと校庭の左手からも濁流は浸入していた。必死に走った。だが大西よりも、濁流の勢いのほうがはるかに速かった。

気がつくとそれは数メートルのところにまで迫っていた。近くで見ると、その流れの蠢（うごめ）くさまは、まるで黒くどろどろとした巨大なアメーバのような生き物があたりを飲み込んでいくようだった。覚悟を決めた大西はその巨大な生き物のほうへと向き直った。

最初はくるぶしの高さで入ってきた。そして見る間に膝（ひざ）の高さになった。大西はその中を進もうとしたが、一歩も歩かないうちに足元をすくわれ、倒された。瞬間、地面に両手をつこうとしたが、伸ばした腕の先には水をかく感触しかなかった。たった今まで足元にあったはずの地面の確かさはもうなかった。うつぶせのまま顔ごと浸（つ）かり、したたかに水を飲んだ。呼吸とも呼べない喘（あえ）ぎを何度も繰り返した。泥や小石のようなものが食道を通っていった。

ただ流されていくほかなかった。泳ぎは確かなはずだったが、動くはずの身体はまったく動かなかった。厚着した服がたっぷりと水を吸っていた。頭を水面に出すことさえできなかった。一つのことを念じていた。このままいけば校庭に駐車してあった何台かの車のどれかにぶつかるだろう。車にぶつかれば流れが止まり、何か状況が変わるかもしれない。

奔流のさなか、大西は左足にぶつかった何か固いものにかろうじて腕を絡め、ようやく水面に顔を上げることができた。摑（つか）まっていたのは太い樹（き）の幹だった。校舎と裏の田んぼのあいだに植えてあった桜の樹だった。濁流が勢いを増し、水位が上がる中、大西はその樹の股（また）の部分によじ登ろうとした。けれども足を高く上げるほどに浮力が失われ、重い上着の間から海水が漏れた。そしてバランスを失って再び水の中に沈む。何度か繰り返し、どうにか樹の股によじ登ると、急に寒さが襲ってきた。気化熱が急激に体温を奪う。背後でザーッという轟音（ごうおん）がしていた。校庭よりも低い田んぼへと滝のように落ちる濁流の音だった。そこへ落ちたら終わりだと思った。気がつくと眼鏡も帽子もなくなっていた。

水位はさらに増していき、樹の上に登った大西の首の高さまで上がった。もう打つ手はなかった。そこからさらに上へ登ろうにも、枝振りが小さすぎて体重を乗せることができなかった。壊れた家屋の木材がそばを流れていき、何台もの車が大西の摑まる桜の樹にぶつかった。その度に樹はミシミシと音をたて、時おり樹の根元から大きな泡が立ち上った。今にも幹ごとなぎ倒されて押し流されそうだった。

濁流の中で、大西はふと苦しむような生き物の声を耳にした。見ると、摑まっていた桜の樹のそばを小さなチワワが流れていた。瓦礫（がれき）の間から顔を覗かせ、前足をばたつかせながら喘いでいた。くりっとした大きな目が合った。なんともいえない気持ちになった。そしてなぜか大西はそのチワワを助けなければ自分も助からないような気がした。

とっさにあたりを見回す。何かないだろうか。その時、長い棒切れがそばを通り過ぎた。大西は反射的にそれを摑み、チワワのほうへ差し出した。するとチワワもかすかに棒のほうへと泳いできた。大西は棒切れをチワワの着ていたドレスの背中へと伸ばし、うまい具合に引っかけた。

片手で木の枝を摑んだまま、もう片方の手でチワワを引きよせ、すくい上げた。チワワは温かくそして軽かった。抱き寄せるとチワワは大西の腕の中で爪（つめ）を立て、くんくんと鳴きながら飲み込んだ海水を吐き出した。

3

吉田は校舎の窓から外を覗くと、助けを求める人々に素早く目を走らせた。そばの壁に張りつくようにしている女性ならば、助けられるかもしれない。しかし桜の樹に摑まっている老人はどうだろうか。老人の背後の田んぼには滝つぼのように水が流れ込んでいた。水位が増し、桜の樹ごと老人をなぎ倒してしまえば、終わりだった。ひるむ気持ちが生じた。

「何か浮くものはないか」

皆で探しているうちに、誰（だれ）かが叫んだ。

「消火ホースがある」

吉田ははさみを見つけて急いでそれを切り裂き、腰に巻いた。普段、潜る時は、潜水の後にどこから上がるかを事前に考える。そうでなければ、飛び込んでも上がれないということにもなりかねない。だがこの時は、ホースさえあればどうにかなるだろうということだけだった。

「今行くから待ってろ！」

吉田は校舎の窓から顔を出し、桜の樹にしがみついている老人に向かって叫んだ。

「なんでそんな危ないところに入っていくの！　戻ってきて！　なんであなたがやるの」

傍らにいた妻の美香が取り乱し、必死に止めた。廊下にいた人々の視線が注がれた。

「ダメ！　やめて！」

「パパ！　戻ってきて！」

小学校に上がったばかりの息子も泣きだしていた。背後で「やめたほうがいい」という人々のざわめきも聞こえた。

だが吉田は意に介さず、消火ホースの端を顔見知りの男に渡した。そして窓枠に足をかけ、濁流の中へと一気に飛び込んだ。皮膚の表面に痛みのようなものが走る。全身の筋肉がこわばる。想像以上の水の冷たさだった。スニーカーの靴底が足元の見えない瓦礫を踏んだ。

海水の温度は一か月遅れ。潜水士になりたての頃、父からそう教わった。それは三月の海が一年でもっとも冷たいことを意味していた。蔵王の雪解け水が名取川の河口に溜まり、それが津波に押し戻され、吉田はその中にいた。垂れ込めた雲間から白い雪もちらほらと舞っていた。無謀に違いなかった。

だが激しい気持ちが吉田を駆り立てていた。たった数十分前のことを後悔していた。津波が来る前に、吉田には時間があった。佐伯を車で内陸の実家に戻らせると、閖上大橋での事故を交番に届けた吉田は、その足で閖上七丁目の自宅に戻った。そしてちょうどメールで、妻は息子と小学校に避難していると知らされ、そのまま小学校に向かったのだった。

「あの時、家からドライスーツを持ってきていれば……」

小学校の裏手の田んぼに巨大な渦ができ、人々が飲み込まれていくさなか、その後悔は激しさを増した。老人や子どもたちが視界からあっという間に消え、どうすることもできなかった。潜水用のドライスーツがあれば、彼らを助けることができた。痛恨の極みだった。だが、打ちひしがれている暇はなかった。手近にいる人だけでも救出を試みなければいけない。

潮位は短時間に激しく変化していた。それとともに、人々の安全と救出の可能性も揺らいでいた。


「これに乗って！　このホースを絶対に放さないで。もし発泡スチロールが沈んでも引っ張ってもらえるから」

桜の樹にたどり着くと、吉田は腰に巻いていた消火ホースを解(ほど)いて老人に持たせた。視界の隅に別の救助者が現れ、チワワを受け取った。吉田は近くに流れてきた発泡スチロールを老人に渡した。ひと抱えほどの大きさの発泡スチロール。人が浮くにはあまりに頼りなかった。しかし何もないよりはましだった。

気がつくと、桜の樹の老人を含め、四人を救助していた。校舎の壁に張りついたままの女性たちにも手を貸したのだ。ただどんなふうに助けたのか、自分にもよくわからなかった。再び校舎に上がる頃には体が冷え切っていた。

「もう限界だから、替わりにやってくれ」

吉田が校舎に戻ると、それまで二の足を踏んでいた人の中にも、「俺が替わりますから」と言う者が現れ、人々の間に救助の機運が高まった。

校舎の中では、救助された人々の応急処置が始まった。校長や教職員の判断で、校舎内の使えるものはなんでも使った。濡れた人々の服を脱がせ、職員の服や子どもたちの体操服、給食の割烹着を着せた。あるいは教室のカーテンを外して体に巻きつけ、凍える体を互いにマッサージする人もいた。ゴミ袋を体に巻きつけるだけでも暖をとることができた。

理科室にあったロウソクが各教室に配られて火が灯され、薄っぺらな画用紙が即席の布団代わりになった。黒板に各々が自分の名前を書いていき、安否情報の把握が行われた。その数を合計すると八百五十人にのぼった。

電気も使えなくなった。暖をとるには校舎にたった一つだけあった古い石油ストーブを使うしかなかった。それを一番広い音楽室に運び込み、老人と子ども、病人や怪我人が優先的に入ることになった。

混乱もあった。音楽室に誰が入るかをめぐって人々が議論を始め、緊迫した空気を作り出した。ロウソクを灯して火事になったらどうするのかと噛みつく者も現れた。

窓の外、垂れ込めた雲の下には、水没した町の景色があった。数時間前まで田畑だった場所は巨大な鈍色の海となった。水平線の近くでは、流されながら燃え上がる家々から不吉な黒煙が灰色の雲間へとゆっくりと立ちのぼっていた。人々はなす術もなくその景色を見つめていた。

「全部やられたな」

「ここはどうなるんだろう」

「次にまた地震が来たらどうなるの」

「家にばあちゃんを残してきたんだ」

「子どもを残してきた」

「寒い」

「お腹が空いた」

あらゆる切実な思いが、うめきとも嘆きともつかない声となって廊下や教室に溢れていた。

そうかと思えば、なぜかあははと笑っている子どもたちもいた。

4

やがて長い夜がやってきた。ヘリコプターがバラバラと音を立てて上空を飛び、サーチライトで校舎のあたりを照らしていた。救助に来てくれるのか、あるいは食料を届けてくれるのかと期待が高まった。しかしヘリコプターはそのまま帰っていき、多くの人を失望させた。

すでに津波の奔流は勢いを潜め、不気味な静けさがあたりを包んでいた。深い闇は人々をさらなる不安へと陥れた。校舎の近くの家々からは「助けて」という声が幾度となく響いた。しかし助けに向かうことは現実的ではなかった。視界がきかない闇の中、水没した校舎の外へ出て行くことはあまりに危険すぎた。多くの人が何もできないまま、長い時間が過ぎた。次第に助けを呼ぶ声も少しずつ弱々しいものになり、やがて聞こえなくなった。人々の間に無力感が広がった。

　消え入るような呼び声は、ずっとあとになってからも人々の心に深く刻まれることになった。かたちのない罪悪感に苛(さいな)まれる人もいれば、あの声を忘れないことが震災を忘れないことだと言い聞かせる人もいた。

　窓の外では閖上の町が燃え続けていた。時おりあたりに爆発音が響き、プロパンガスのボンベや車のガソリンが炎上していた。燃え上がる炎が水没した町の水面(みなも)に映り、停電で暗くなった夜空を赤々と照らした。煙が垂れ込めた雲の中へと消えていった。

　人々は音楽室でストーブを囲み、車座になって時が過ぎるのを待っていた。壁にはチャイコフスキーやショパンの肖像があり、一角に閖上小学校の校歌の歌詞が貼ってあった。その歌詞は避難した多くの人々にとって、かつて同級生たちと肩を並べて歌ったものだった。

岸をひたして名取川
遠く潮(うしお)をおしひらく
あなたもぼくも朝あけの
翼するどいかもめどり

清い希望が呼んでいる

しかし今、どこを見渡しても「清い希望」を見つけることは難しかった。やがて津波が引いていくのか、あるいはさらなる大津波が襲ってくるのか。朝が来れば救助がやって来るのか、それとも食料がなくなり人々は力尽きてしまうのか。状況が良くなるのか、悪くなるのか、それさえもわからなかった。

「すいません、おばあさんの目がおかしいんですけど」

夜が更けた頃、音楽室に慌しい声が響いた。吉田が昼間、津波の中から助けた老女の容体が急変しているようだった。瞳孔が開いて、息も脈も弱くなっていた。

まずいなと吉田は思った。昼間、救助を終えて校舎に上がり音楽室にストーブを運び込んだ時には、まだ彼女の意識ははっきりしていて会話もあった。

「大丈夫ですか？　寒いですか？」

「ああ、大丈夫です、ありがとうございました、ほんとうに」

「大丈夫、今すぐ温めますからね。寒いの？」

「うん、寒いの」

ぐったりとしてはいたものの、意識ははっきりとしていた。そして濡れた服を脱げるだけ脱がせ、その上からカーテンを巻きつけてストーブのすぐそばに連れていった。

しかしそれから数時間が経った今、いくら声をかけても老女の返事はなかった。それどころか呼吸がうわずったようになってきた。心臓も止まってしまっていた。

吉田はすぐに心肺蘇生を開始した。老女を仰向けにさせ、顎を持ち上げてしっかりと固定させ、強く心臓のマッサージを行った。人工呼吸も必要だったが、吐物があり、できなかった。手を貸してくれと言うと、周りの人々も次々と手伝いはじめた。

「ＡＥＤはないのか？」

「水没です」

肝心のＡＥＤも津波でやられてしまっていた。吉田がしばらく蘇生を試みていると、ふと老女が大きく息を吸い込んだ。

「大丈夫か？　死ぬなよ。死ぬな、死ぬな！」

吉田は必死に声をかけた。横たわったまま老女は、処置を続ける吉田のことをずっと見ているようだった。しかし、一度は吹き返した呼吸も次第に弱くなり、再び止まってしまった。以降、老女は動かなくなった。

やがて校長が呼ばれ、話し合いの末に、遺体をこのままにしておくわけにはいかないということになった。音楽室の隣に理科室があり、その薬品庫にカーテンで包んだ遺体を安置することになった。もうすぐ夜中の十二時になろうという頃だった。

＊

やがて漆黒(しっこく)の空がうっすら青みを帯びはじめた。長い夜が明けようとしていた。分厚い雲の切れ間から陽光が射し、あたりを少しずつ照らしていた。居合わせた小さな子どもの一人は思った。希望の光だ。

実際、それは希望の光であったかもしれない。朝が来れば太陽が姿を現し、どうしようもない寒さが和らいでいくかもしれない。何よりも明るくなれば人々は安全を求めて何がしかの活動を開始することができるはずだった。

だが、その光は同時に無残な町の景色をどこまでもくっきりと映し出しもした。田んぼに横たわる船、壊れた家々の屋根、燃えさかる炎と黒煙。暮らしていた町の姿は変わり果てていた。一夜が明けた後も、それが悪夢ではなく現実であることを人々に見せつけた。ある人はその光景を戦後の焼け野原のようだと思い、ある人は世界の終わりだと思った。

ほどなくして、吉田はその風景の中を二人の青年と歩きはじめていた。

その青年たちの一人は吉田が老女の蘇生を試みている時に「手伝いますから、何かあれば言ってください」と助けを買って出た若者だった。

老女が亡くなってしまった後、何か状況を打開するためにできることはないかと皆で話し合っていた時、その青年が言った。

「あの、トラックにドリンクがあるんですけど。持ってこようと思います」

聞けば、青年はダイドードリンコの社員だという。そして閖上小学校からほど近い閖上大橋のたもとに自分が乗っていた営業トラックがあり、壊れた荷台に飲み物が入っているという。そこからジュースやお茶などの飲み物を持ってくれれば、避難している人々に配ることができる、と。素晴らしい心掛けだと吉田は思った。だがもう一つ、吉田が感心したことがあった。

「それ、勝手にやって会社に怒られないの？」

吉田が心配を口にすると、青年は少し強気になって言った。

「いや、これで会社に怒られたら、オレ辞めますから」

そのひと言は晴れやかなものだった。大災害で多くの人が困っている。そんな時に自社の儲けばかり考えているような会社なら、辞めてやる。吉田はそんな気骨あふれる人間が好きだった。

「若えやつも捨てたもんじゃねえな」

うずたかい瓦礫を乗り越えながら、三人はまだ水の引かないぬかるみの中を歩いていった。

第6章　暗い運河の水底へ

1

瓦礫(がれき)の荒野がどこまでも続いていた。それは見渡す限りに広がる、混沌(こんとん)とした空間だった。船が田畑に転がり、壊れた家々の屋根や材木、ひしゃげた車があたりを覆い尽くし、引かない海水が田畑に溜(た)まったまま曇天(どんてん)を映していた。

その風景の中を一本の道が海のほうへ向かって延びていた。それは自衛隊が救助に向かう際に地元の業者の協力を得て、かろうじて切り開かれたアスファルトだった。吉田は車に乗って避難所からその一本道を海へ向かって進んだ。どこまで行っても重く痛々しい風景に終わりはなかった。

吉田は捜索の依頼を受けていた。震災から二日後、すでに独自のボランティア捜索を行っていた吉田は、市役所の政策企画課秘書係長に「いつでも力を貸す」と話してあった。それを聞いた市長の佐々木一十郎が、次の朝、直接連絡をとってきたのだ。

「市内の水辺のすべてを捜索してほしい」

警察、消防が同行する他、現地にいる自衛隊員を必要な分だけ使い陣頭指揮に当たってほしい、とのことだった。その足で午後、岩手に赴いた吉田はそこで潜水用具を揃え、戻ってくると水中捜索の準備に取りかかった。

だが改めて現場に立ってみると、どこにどれだけの人が横たわっているか、なんの情報もないに等しかった。佐々木も「吉田君がいそうだと思ったところは重点的に探してくれ」と言うのみだった。市や警察にしても、規模が大きすぎていったい行方不明者がどこにいるか、どこから手をつけるべきかわからなかった。ただ「貞山堀にたくさんの遺体が入っている」ということだけは聞かされていた。

津波は閖上港と貞山堀に挟まれた海沿いの住宅地を次々と飲み込み、そのまま約五キロにわたって田畑を押し流し、田畑の真ん中を走る仙台東部道路の土手のあたりでおおよそ止まっていた。

海辺の住宅地にいた人々は次々と流され、家々の瓦礫とともに運河の底に引っかかってたくさん沈んだままになっていた。家屋や車や行方不明者などが、貞山堀の底で一緒くたになっていた。

吉田としてもここまで手のつけようのない風景を見たのははじめてのことだった。仙台港での引き上げとは何もかもが違った。少なくともそれまでの現場には、警察の通報とともになんらかの証言があり、それが手がかりとなった。それは海や湖に落ちた車の特徴や、「確かにここから落水しました」という目撃証言であったりした。あるいは車のタイヤの跡が現場に残っていたり、遺書と靴が置いてあったりということもあった。それらはなんらかのかたちで遺体の場所を特定する手助けになった。だが、町ごと流され、壊されてしまった風景の中では、手がかりになるものはないに等しかった。どこから何をしていいのかわからなかった。かたっぱしからやっていくしかない。とにかく総ざらいするほかない。そんな状態だった。

　行方不明者の生存の可能性が極端に下がるとされる七十二時間はすでに過ぎていた。この寒い時期に、これだけの時間が経って生存者が残っている確率は低くなりつつあった。それでも目的はあくまで不明者の捜索であり、優先順位としてはまずは人を探すことだった。

「どこに誰がいるかもわからないけれども、家、車、鉄骨を撤去してください。その中で発見した人を上げてください」

　警察や消防などからなる現場の人間に吉田はそう言った。あとは単純に地図を塗り潰すように作業にあたるしかなかった。陣頭指揮を執りながら、吉田自身もドライスーツを身につけ、貞山堀の水中捜索にあたった。

　しかし数回作業にあたってみて、ダイバーの人手が圧倒的に足りないことを痛感した。その時ダイバーは吉田の他にもう一人がいるだけだった。たった二人で数キロにわたる市内の貞山堀を捜索するだけでも、気の遠くなる作業だった。その他に港の中や、無数にある細い水路も探さなければいけない。吉田は知り合いの伝手を頼って、全国から応援を募ることにした。

ほどなく、島根や兵庫といった被害のない西日本からダイバーが次々と到着した。やがてダイバー二人に対して、五、六人の補助と重機を加えたものを一つの作業チームとして動く流れができはじめた。それらが貞山堀に沿ってある間隔で点々と配置されることになった。

運河の水面には油膜のようなものが漂っていた。車から洩(も)れ出したガソリンや工場の機械の潤滑油、家庭の料理の油。人の生活にまつわるあらゆる種類の油が混ざり、折り重なった瓦礫に流れをせき止められ、澱(よど)んだまま厚さ数十センチの層を形成していた。

それらが本来水中に届くはずの光を遮(さえぎ)っていたため、分厚い油膜に顔を沈めるとすぐ下は重苦しい闇(やみ)だった。深さたった数メートルの運河でしかなかったが、視界は極端に悪く、水中ライトで照らしても腕を伸ばした範囲が見えないということもあった。そんな時は手探りの感触以外に頼るものはなかった。

吉田は細長い棒を手に持ち、あたかも盲人が杖(つえ)を手に歩くように、真っ暗な運河の底をゆっくりと進んでいった。一歩、歩くたびに棒を足元に突き刺しては、その感触を確かめる。水底にはヘドロが溜まっていたため、その上を歩くと田んぼに足を踏み入れるようなズブズブとした感触があった。だが、そこにもし土嚢(どのう)を刺したようなぼってりとした感触があれば人の太ももや腹かもしれなかったし、硬いものがコツコツと当たれば頭の骨かもしれなかった。

もちろん都合よく人間だけを探せるわけではなかった。運河の中には家が丸ごと一軒沈んでいるということもあったし、車が三台折り重なっているということもあった。その他にも船やバイク、材木やサッシといったあらゆるものが折り重なっていた。それらの中には水面に一部を覗（のぞ）かせているものもあれば、沈んでいて潜ってみるまではまったくわからないものもあった。

まずは人を探す、という優先順位ははっきりとしていた。だがそれでも作業は困難を極めた。人を見つけたとしても、そのまま抱き上げられるとは限らなかったからだ。重機を使って周囲の折り重なる瓦礫を取り除かなければ動かせないこともあった。しかし、その重機を使ってしまうと思わぬところに別の人が横たわっていて、傷つけてしまう恐れもあった。

その都度、何をどのような順番で取り除いていくか、慎重に判断していかなければならなかった。そうやって朝から晩まで作業をして、一日にたった数十メートルの前進があるだけだった。仙台平野には貞山運河が何十キロと続いていた。それは気の遠くなるような作業だった。そしてその途方もない長さの貞山運河でさえ、津波の被害全体のごく一部でしかなかった。いつ終わるともしれない、果てしない作業だった。

水深が浅いとはいえ、作業はいつも危険と隣り合わせだった。たとえば水の中に家屋がまるごと一つ沈んでいるというのもその一つだった。家一軒では大きすぎて重機で引き上げることはできない。捜索のためには水没した家屋の中にダイバーが潜って入り、行方不明者がいないかどうかを見ることになる。それはたとえるなら暗闇の中、歪（ゆが）んだジャングルジムの内部を手探りで泳いでいるようなものだった。視界が極端に悪く、ちょっとした水の流れや体をぶつけた衝撃で家屋が崩落する危険性が常にあった。そして暗い水の中で、本人も気づかないあいだにそうした家屋に入り込んでいるということもあったし、壊れた家屋の中を泳いでいるうちに、入ってきた場所がどこだったかわからなくなってしまうということも少なくなかった。そうした場合、陸上とつながっている長さ五十メートルほどの送気用のホースが命綱の役割を果たした。有線で陸上と連絡を取り、ホースを引っ張らせて、その感触を頼りに戻るしかなかった。あっちか、こっちかと模索しながら、なんとかもと来たルートを戻ってかろうじて水面に上がることができた。だがそのホースさえも作業をしている時に何かに絡まってしまうこともある。ここまで障害物の極端に多い水の中を潜ることは吉田にしてもはじめてのことだった。

水中に沈んだ針金やガラス、鉄筋や鉄パイプで怪我をすることもあり、またそれらが普段ならほとんど破けることのない丈夫なドライスーツを突き破り、あいた穴から次々に水が浸み込んできた。そのため、保温機能も低下し、本来ならば感じるはずのない海水の冷たさに震えることになった。陸に上がった後も風呂がなかったため、タオルで油と海水を簡単に拭うだけしかできなかった。あとはかろうじて手に入れた乾いた服に着替えることができればよいほうだった。

だがそのようにしてあたり一帯の捜索を一通り終えたとしても、それは捜索の終わりを意味しなかった。翌朝、日の出とともに現場に行くと、前日に探し終えたはずの場所に、新たな遺体が浮かび上がっているということもあったからだ。それまで沈んでいた遺体の内部にガスが溜まって浮かび上がってきたり、あるいは前日に撤去したものの下敷きになっていた遺体が、貞山運河の緩やかな流れによって浮かび上がってくることもあった。そのため、作業には正確な意味での終わりがなかった。

遺体の状態は総じてひどいものが多かった。ある時、暗い水の中で遺体らしきものを見つけたと思って引き上げようとすると、何かが引っかかっていて上がってこないことがあった。何かなと思い、手探りで身体(からだ)を触ってみると、遺体から弾力のあるロープのようなものが伸びている。そしてそのロープのようなものを伝っていくとどうやら水没した車のミラーに絡まっているらしい。仕方なく水中ナイフでそのロープのようなものを切り、引っかかっている部分を解(ほど)いて遺体をなんとか水面に上げた。するとロープだと思ったものは遺体の腹が割けて出てしまった腸だった。しかたなく吉田は土手の上に遺体を上げ、はみ出た腸をもう一度腹の中に詰めなおしてやらなければならなかった。

また、遺体があったと思って手を握って引いてみると、その手ごたえが予想外に軽く、確かめてみると手首の先だけだったということもあった。手首の断面からは白い筋のようなものがべろんとぶら下がっていた。

足だけ、指だけというケースもよくあることだった。そのため、近くで発見された別々の身体の一部が同一人物のものか、他人のものなのか、それさえもよくわからなかった。だからその日、いったい自分たちが何体の遺体を引き上げたのか、実際のところよくわからなかった。

五体満足の遺体であったとしても、目を覆うばかりだった。顔がはっきりとわかるものの中には、老人もいれば小さい子どもや若い女性もいた。そこには様々な表情があった。半眼を開いている人、かっと目を開けている人、あるいは恐怖に怯えている人。激流の中で何かに摑まろうともがいたのか、棒のようなものをぎっちりと握っている人もいた。どの表情にも津波から逃れようと必死だった人々の最期の恐怖や無念が色濃く刻まれていた。それらは、たとえば自らの意志で命を絶った人々の、すーっとした、ある種の晴れやかな表情からはほど遠いものだった。

2

違っているのは遺体だけではなかった。捜索の作業そのものも、吉田が知っているものとはまったく違うものだった。震災が起きるまでの仙台港での引き上げには一連の流れがあった。誰かが海に落ち、警察や家族の依頼があって捜索をする。捜索を開始し、発見に至り、遺体を引き上げて家族に引き渡す。そして「ありがとうございます」と礼を言われる……。そうした一連の流れを経て、吉田にもはじめて「やっと終わったな」という感情的な区切りのようなものが訪れた。それはいわば捜索に始まる緊張が、遺体の引き渡しによって安堵に落ち着くという、一つの循環のようなものであった。

しかし震災後の現場では、そのような流れはなかった。ただ次から次へと引き上げ続けた。だが一つ、わずかに区切りのようなものがあったとすれば、それは引き上げられた遺体に祈りを捧げることだったかもしれない。

現場では時おり遺体が上がると、消防、警察、自衛隊など、同じ現場で作業にあたっていた関係者が集まって手を合わせていくということが行われていた。時には、地元の関係者や不明者遺族が現場に来ることもあり、捜索隊も彼らが持っていた線香をつけて、ともに弔うということもあった。現場には遺族が置いていったのか、花や仏具などが供えられているということもあった。吉田も最初のうちはこれに倣って作業の手を休め、手を合わせた。バラバラになってしまった遺体を悼む、せめてものささやかな儀式だった。

ただ、毎日上がる遺体に一体一体手を合わせているうちに、吉田の中にある苛立ちや焦りのようなものが募り、次第にその気持ちは大きくなっていった。それは一連の作業をしているとどうしても時間がかかったからだった。遺体を回収して、ジッパー付きの黒いシートの上に乗せ、時には線香に火をつけて手を合わせる。あるいは近場の作業者たちが集まって皆で黙禱をする……。

特に吉田たち潜水士にとっては、その祈りへの参加はかなり時間を取られるものだった。運河から顔を出して水面に上がり、岸壁まで泳ぎ、水から上がって腰のウェイトやマスク、ハーネスにショルダーウェイトと足ひれを外す。そこから遺体のある土手まで歩いていく。手を合わせて祈る。一度陸に上がれば、周囲と二言三言交わしながら一服ということにもなる。補佐もいなければ仕事にならないので、一人だけで潜るというわけにもいかなかった。

そうこうするうちに場合によっては数十分くらいの時間が経ち、引き上げの作業効率が落ちた。行方不明者の水中捜索という、集中を要する作業が一連の祈りによって中断されてしまうのだった。

「何をやっているのか」

ある時しびれを切らして近場にいた自衛隊員に相談した。

「すいません、できれば継続して、そのままのモチベーションでやりたいんですけど。一体ごとに祈っていたら時間がないですから。祈るなら、後でまとめてやりませんか？」

すると「いや、これだけはやらないとダメなんです」という隊員の返事が返ってきた。吉田にもその返答はきわめて真面目(まじめ)で誠実な態度であると思えた。人として死者に手を合わせることは大切なことだった。だが作業効率のことを考えると「めんどくせえな」というのも正直な気持ちだった。

もしこのやり取りをはたで聞いている人がいたら「後でまとめて祈る」という吉田の考え方を、死者を丁重に弔う気持ちとはかけ離れた、心ない態度だと受け取ったかもしれない。

だが吉田の側にも理由はあった。一つには急がなければ沈んだままの遺体の損傷が激しくなってくるということがあった。そして吉田の経験上、二十七日を過ぎると浮かんでくる可能性が極端に低くなるということも懸念材料だった。

ただ、吉田が一番気にかけていたのは岸壁に家族を探しに来る地元の人たちの気持ちだった。

吉田は彼らの気持ちをこのように考えていた。

ある人が行方不明のまま見つからない家族を探しに、運河の土手に来ていたとする。運河の土手から作業を眺めていると、自分の家族とは別の、知らない人の遺体が上がる。そしてその知らない誰かの遺体に対して、捜索隊が集まって祈りはじめる。作業は進まず、自分の家族はまだ見つかっていない。その時彼らはどう思うだろうか……。

「お祈りなんかしていないで、私の家族を早く探してほしい。遺体が上がって悲しいのはわかる。でももう見つかっただろう……。拝むのもいいし、線香あげるのもいい。でも私の家族はまだだ。早く探してくれないか……」

たとえ言葉に出して言うことはできないにしても、心のどこかでそう思うのではないか。

吉田は震災前に行方不明者家族と喧嘩（けんか）のようになったことがしばしばあった。しかしだからといって、家族を探す人々の気持ちを忘れていたわけではなかった。

「なんでもっと探さないんだ」

「潜ってもらわないと困る」

「絶対に見つけろよ、約束だぞ」

そうした焦りと不安の色濃く滲（にじ）み出た何年も前の言葉は、終わりの見えない捜索の日々の中、極北を示す羅針盤であり続けた。事実、吉田はこれ以降の数年を彼らの声に沿って活動することになる。

もし犠牲者が一人だけであれば、丁寧に拝むのもいいかもしれない。だが膨大な数の行方不明者を捜索している今、一人でも多くその日のうちに返さなければいけない。作業の時間も、朝七時半から、夕方五時までと決められていた。日が出ている明るい時間帯を全部使っても間に合わない。吉田の主張の背景にはそんな考えがあった。そして実際に吉田の提案はのちに受け入れられることになった。

貞山堀の岸壁にやって来る家族たちの思いは切実なものだった。彼らはそれまでに、足を棒にして市内のあらゆる避難所を訪ね歩き、遺体安置所で何百という棺桶を覗き込んできた。同じことを何日もの間続けても見つからず、時には市外や県外まで赴いても手がかりがないこともあり、すでに精も根も尽きていた。そして絶望的な気持ちを抱えながら、最後に岸壁で捜索をする吉田たちに手がかりを求めてきた。だが多くの場合、吉田たちは「何か手がかりになるものを」という彼らの期待に応えられないでいた。

「津波が来た時、だいたいこのあたりを走っていました」

そんな証言をいくつも聞いたが、実際にはほとんど役に立たなかった。というのも津波の襲来を受けて、証言の場所からどこか遠くへ流されているケースがほとんどであり、数百メートル、あるいは数キロも流されてしまうことも少なくなかったためだ。

現場に写真を持ってくる人たちも多かった。携帯電話に入っていた写真データを見せて「こんな人なんですけど知りませんか」という人や、小さなプリント写真を預けて、「見つかったら知らせてほしい」と電話番号や名前を渡してくる人もあった。

吉田はそれらの写真の束をバッグに入れて持ち歩き、いつでも見られるようにしていた。捜索の合間に冷たいおにぎりをかじりながら、あるいは避難所に戻って眠るまでの間に、一枚一枚めくってはその顔を眺めた。若い女性の写真もあれば、子どもの写真もあった。だがいくら顔を覚えても、その人たちが見つかることはなかった。遺体の状態がきわめて悪く、照合を困難にさせていた。顔中泥だらけであったり、何かにぶつかった衝撃で顔が腫（は）れたり崩れたり、色が変わっているものも多く、たとえ写真の本人だとしても見分けがつかなくなっていた。そんな遺体が多かったのは吉田が捜索していた場所が貞山堀という運河であったということも関係していたかもしれない。貞山堀の中には家や車がたくさん沈んでいて、それらの瓦礫の間に巻き込まれてしまった遺体の多くは傷ついていた。

最初数枚だった写真の束はどんどん分厚くなり、やがて繰り返しめくるうちに雨や海水や油で汚れ、傷んでいった。そして最終的には数が多くなりすぎて整理し切れなくなり、結局、名取市の捜索の担当者に渡して管理してもらうことになった。

吉田たち現場の人間ができることは、ただ次から次へと誰のものかわからない遺体を引き上げ続けることでしかなかった。例外的に、吉田の顔見知りが綺麗（きれい）な状態で見つかれば、警察に口添えするかたちで照合が早まるということもあった。あるいは沈んだ車の中に人が乗っていた場合も警察に問い合わせてナンバーを照合することでかなり早く本人の特定をすることができた。しかしほとんどの場合、吉田たち捜索現場の人間は岸壁の家族が見ているところで期待に応えられないでいた。

一日の作業を終え、避難所に戻る頃には夕方になっていた。吉田が身を寄せていたのは、名取市文化会館だった。震災があってすぐの頃、吉田は妻に小学一年生の息子を連れて実家に戻るようにと言ったが、いろいろと話し合った末に、やはり家族は一緒でなければならないということになり、妻と息子も避難所で暮らすことになった。

幸いにして無事だった家族がそばにいるということは吉田にひとときの安堵をもたらした。同時に心配事も尽きなかった。大きな余震が来て被害に巻き込まれていないか。ちゃんと飯が食えているのか、眠れているか。

実際、妻と息子は避難所で食べ物や寝床を確保するのに苦労していた。避難生活が始まった頃、吉田が捜索を終えて避難所に戻ると、妻と息子が毛布にくるまってホールの階段の隅にちょこんと座っていた。畳が一枚分あるかないかの、小さなスペースだった。

聞けば、居場所を確保するのが遅れて端のほうに来てしまった、ということだった。他の家族はみんな旦那(だんな)さんが来て早く取ってしまって、食べ物の配給はあったものの人が多くてもらえなかった、と。息子と二人だけだし、ここから離れることもできない、どこにも行くことができない、と妻は途方にくれていた。職員が持ってきてくれなかったのかと聞くと、持ってきてくれなかった、他の家は旦那さんが立って、持ってきていたと言った。

それを聞いて吉田は苛立ちを抑えきれず、避難所の運営スタッフに詰め寄った。自分は名取市のために朝早く起きて夜遅くまで行方不明者を捜索しているのに、どうして家族をサポートしてもらえないのかと。

だがそれも無理な話だったかもしれない。市の職員にしても、大震災の避難所運営など、慣れないことばかりだった。何よりも市の職員たち自身も吉田たちと同じ被災者だった。職員の中には震災の対応に忙殺され、行方不明の自分の家族を探しに行くことさえできない者もあった。その後、吉田の家族のところに職員が食料を届けてくれることにはなったが、混乱はなかなか収束しなかった。

苛立っているのは吉田だけではなかった。避難所内にはいくつかの摩擦も生じた。人々は概して忍耐強かったが、時々、何かの拍子にそれが表面化することもあった。ペットと一緒に避難したい人とペットなど連れてきては困るという人。あるいは酒を飲まなければやっていられないという人と、それは集団生活なのだからやめてほしいという人。時には、「なんだこの、こっちは家族亡くして悲しんでんだぞ」「おお？　こっちだって妹見つかってねえんだ」とのっぴきならない雰囲気になることもあった。かと思えば、少ない支援物資を見知らぬ人に分け与えるようなあたたかさを発揮したり、うなだれている人に声をかけて励ます人もいた。

「自分にできることはないか」

一瞬にして多くを失った人々が、そうやってすっかり変わってしまった互いの命のかたちを確かめているのだった。

夜になり、灯り(あか)が消えるとホールの天井に人々の静かな寝息が響いた。時折、すすり泣くような声がかすかに聞こえることもあった。人々は家族を亡くし、故郷をなくし、行くあてもない中、堪(こら)え切れない思いを押し殺すように身を寄せ合って暮らしていた。

吉田の頭にもさまざまな思いが駆け巡った。捜索はいつ終わるのか。家族と妻と息子を連れてこれからどうすべきか。切れそうな糸をぴんと張りつめているような緊張の中、眠っているのか目が覚めているのかわからない奇妙な興奮状態が毎晩のように続いた。それは食べるものもなく、住むところもない、先の見えない日々だといえた。ただ自分にしかできない仕事があるはずだと自分に言い聞かせていた。吉田は支援物資の「たべっ子どうぶつ」を一袋か二袋食べると、次の朝にはまた行方不明者を探しに海に向かっていた。

3

吉田が捜索活動を始めたのは、木村が行方不明だと知らされたからだった。

吉田は震災が起きてから数日後、すべての海水浴場の警備員に安否確認のメールを出した。すると「生きています、大丈夫です」というメールが次々と返ってきた。ただ木村のメールだけが返ってこなかった。吉田は嫌な予感がした。木村の家は海から近かったからだ。ほどなくしてある男から「木村は生きていますよ」という連絡が来た。

しかし吉田はその一報に違和感を抱いた。一度は、吉田の会社に入社するという話にまでなっていた木村。生きていれば必ず自分で連絡をよこすはずだと思えた。何かおかしい。よくよく確認してみると、生きているというのは同じ姓の別の男のことだった。

「なんだ、あいつ。どこさ行った。徹底的に探せ」

吉田は愕然(がくぜん)とした。悪い予感が現実味を帯びた。吉田は木村の父親にすぐに確認するように、警備員仲間に指示を出した。

吉田は海水浴場の警備をしていた時に、若者たちに津波が来た時の避難の対応の仕方を指導したことがあった。客を安全な場所にいち早く避難させ、吉田が最後まで残り、ドライスーツを着て逃げ遅れた人を助ける。そんな指導を毎年繰り返していた。それは木村が入ってきた年にも教えていたことだった。だから実際に津波が来た際も、どこかでうまく避難したはずだ、という思いがあった。

一方で、この惨状の中、数日が過ぎても行方不明ということは、十中八九ダメだろうなとも思った。怪我をしてどこかの病院に搬送されたまま連絡が取れなくなっている可能性もあったが、それはせいぜい一パーセントくらいのものでしかないと思えた。内陸五キロまで押し寄せた津波の激しさをその身で体感していた吉田にとって、数日が過ぎていまだに行方がわからないという現実の意味するところは厳しいものでしかなかった。

木村の弟と連絡が取れ、やがて父親から電話連絡が来た。やはりまだ見つかっていないとのことだった。同級生も集まっていろいろな避難所を探し回ったが、どこにもいなかったとのことだった。

「海水浴場の仲間たちも呼んで一緒に探しましょう」

吉田はそう提案した。仙台空港から自宅までの間を二手に分かれて捜索し、さらに避難所も並行して探すという具体的な案も示した。状況からして避難所をいくら探してももう可能性はほとんどないようにも思えたが、あえて「避難所も探しましょう」と提案した。それは現実的な捜索の意味合いよりはむしろ、生きている可能性を断ち切らないという父親への配慮の意味合いが強かった。

父親にしてみれば、避難所を探していた時はきっとどこかで生きていると信じて探していたはずだった。一方で海辺や空港の周りの土の中を掘り返すという吉田の提案は、その生きているかもしれない前提をある意味で突き崩すものといえた。それは父親にとって、残酷と映るはずのものだった。吉田は「避難所も並行して探しましょう」と提案することで、かろうじて捜索の話を前に進めることができた。

ほどなく吉田の呼びかけで、かつて海水浴場でアルバイトしていた面々が集まってきた。集まった若者は、避難所から着の身着のままでやって来ていた。捜索用の長靴もなく、ある者はサンダルのまま参加した。自分たちの家族や親戚が行方不明になっていた者もいた。

根来淳もその一人だった。根来は津波が町を飲み込むさなか、車でかろうじて逃げることができたが、市営の施設に祖母やいとこを置いてきたままだった。反抗期だったいとこの少女は、祖母に向かって「死ね、ばばあ」と悪態をついていたこともあった。二人が行方不明となった今、そのひとことが胸を突いた。親友だった別の同級生とも連絡が取れないままになっていた。かつて根来が仕事をやめてしまった時にも親身になって話を聞いてくれた、心を許せる友人だった。彼らはどこにいるのか。そのことも根来の心に引っかかっていた。

二手に分かれ、木村の家から仙台空港の間の捜索が始まった。黙々と瓦礫の間を覗き込む捜索だった。木村の祖父がすでに仙台空港の近くで遺体となって見つかっていたため、空港から自宅のあいだのどこかにいるのではないかと推測された。

近くの田畑には、陸上自衛隊の姿もあった。第三十五普通科連隊の面々だった。木村が四月から着るのを楽しみにしていた迷彩服を着て、その木村を探していた。

捜索中、吉田は木村の弟からこんな話を聞いた。木村は津波が来た時、家でニコニコ動画のライブ映像を配信していた。映像の中で「今、津波警報が出ています。これから逃げようと思います」と木村は話していた。木村の家は仙台空港にほど近い、海から百メートルくらいのところにあり、田畑が広がるそのあたりでは、高台までもかなりの距離があった。しかし木村はもう間に合わないという時間までカメラの前にいたということだった。動画には津波の襲来の数分前の時刻が記録されていた。

そんなことをしていないで早く逃げればよかったのに……吉田はそう思うと同時に、動画の配信ということが木村らしいなという気もした。津波が来るとわかっていても危機感を抱いていなかったのだろうか。祖母や祖父とともに逃げようとして、あるいは逃げる間もなく、家にいたまま津波に飲まれたのかもしれなかった。

吉田の中に後悔が生じていた。もし木村の自衛隊への繰り上げ就職を認めていなければ、木村はあのまま自分の会社に入っただろう。そうすれば津波が来たあの日、佐伯と三人で内陸部の利府まで車を取りにいっていたはずで、木村も無事でいられたはずだ……。しかし、木村の将来を思って自衛隊へ快く送り出したのは、他でもない吉田自身だった。

ボランティアの若者たちは広い瓦礫の荒野を黙々と探し続けた。果てしない作業だった。ある時は警察と同じように横一列になり、黒い水の溜まった田んぼや畑の中を捜索した。棒で地面をつつき、スコップで土を掘り返し、側溝の中に手を突っ込んだ。

何日かした時、木村の自宅の近くの竹やぶから、木村のバイクが見つかった。吉田の事務所で皆と麻雀(マージャン)をやった日、別れ際にまたがっていたエイプだった。自宅近くにバイクがあったということは、バイクで逃げたわけではないのだろうと推測された。あるいは直前まで祖父母と行動をともにしていたのかもしれなかった。いずれにしても木村もそう遠くないところにいるだろうと思われた。

付近に津波で大きな水溜まりができていた。深いところでは腰まで浸(つ)かってしまうその水溜まりの縁(ふち)に吉田たちは腰をおろし、ときおり休みながらジュースを飲んだりした。

「なんだ、木村。俺(おれ)に見つかると『なんで逃げなかったんだ』って怒られると思って出てこねえのか」吉田は捜索の合間にそんなことをつぶやいていたこともあった。

4

名取市災害対策本部が指揮を執る捜索も続いていた。それらの活動の中心は住宅地や田畑といった陸上での捜索であり、主に警察、消防、自衛隊の面々が派遣されていた。

この活動にとりわけ人員を多く派遣したのは、県外からの応援部隊だった。もちろん名取市内に消防や警察の人員はあったが、ただでさえ震災で通常業務が拡大されていた時期に、捜索活動という特殊業務に回す人員はさほど多く残されてはいなかった。

県外からの応援部隊は、消防には北海道、広島、富山などから人員が派遣され、警察に至っては県外だけではなく台湾、メキシコ、フランス、モンゴルなどといった海外からも応援が来ていた。ただしこうした応援部隊も、地元での職務を抱えているため、滞在は長くても一週間ほどに限られた。往復の移動も含めると、その活動は正味四、五日となり、それが終わると、別の応援部隊に交代するという具合だった。現地の様子がわかり、軌道に乗る頃には引き継ぎをして現場を去らねばならず、情報の蓄積にも限界があった。

一方で震災直後から名取市に入り、毎日同じ現場に出ていたのは自衛隊だった。名古屋市の守山(もりやま)駐屯地からやって来た彼らは、震災翌日には名取市に入り、宮城県南部の船岡(ふなおか)駐屯地で野営をしながら毎日名取に通って活動を続けていた。彼らは震災後から一か所に常駐して活動していたため、自然と現場の情報が蓄積されていった。やがて応援に駆けつけた県外の警察や消防の応援部隊も、この自衛隊の情報を頼ってともに活動するような体制になっていった。

吉田たち民間の潜水士も彼らに交じって合同捜索を続けた。現場はいつも危険な作業との格闘だった。余震があると、現場の空気はピリピリとしたものになり、作業を中断して内陸へと車を走らせて避難することも少なくなかった。ある時は作業中に不発弾が見つかり、自衛隊が処理をするために作業が中断されることもあった。捜索隊員の顔には疲れが色濃く現れ、現場の空気はじわじわと重苦しさを増していくようだった。

時に自衛隊との間で捜索方針の食い違いが表面化したこともあった。きっかけは、自衛隊の指揮官が民間ダイバー隊を自分たちの隊員と同じように指揮し、配置を変えはじめたことだった。ダイバーたちの間には技量の差があったし、中には「遺体の扱いだけはどうしてもできない」という、いわば条件つきで参加している者もあった。そうした個々の適性を考えて吉田は各々を配置していた。何より、吉田の下請けとして働いていた彼らの安全管理責任もあった。知らないうちに動かされては困るという思いがあった。

また捜索の順序をめぐっても、意見の食い違いが生じた。吉田の隊は不明者がいそうな場所を一つ一つゆっくり、しっかりと見ていきたかった。だが自衛隊は素早く全体を見ていくようなやり方だった。それぞれのやり方には一長一短があったが、自衛隊としては災害の全体像を把握することに重きを置いたのかもしれなかった。

吉田があまりに食い下がったためか、最終的には自衛隊が折れるかたちになったが、市役所の担当者を通じて、吉田は使いにくいというクレームが入ってくることになった。

「吉田君、もうちょっと仲良くやってくれ」

市長の佐々木に言われたが、吉田は別に仲良くやるような仕事でもないと思った。

ただ、吉田も突っ張ってばかりというわけではなかった。重い雰囲気になりがちな捜索現場で、少しでも前向きになるように周囲を鼓舞し、士気が下がらないように心がけた。とりわけ捜索現場では若い自衛官を見つけては積極的に声をかけるようにしていた。

「どこから来たの？」

「九州からです」

そんな何げない会話が糸口だった。遠方からやって来た自衛隊員の中には上官からの命令に「了解しました！」ときびきび動く、自分の息子と同じ年頃の若者たちがいた。彼らは吉田の目に、きわめて真面目な若者たちとして映った。正義感や使命感を持って被災地まで来たものの、慣れない捜索に従事し、戸惑っているようにも見えた。ただあまりに真面目に作業を続けていくと、どこかで心が壊れてしまうのではないか。吉田はそう考えていた。

「天災は誰のせいでもないのだから」

「真面目すぎなくてもいいんだぞ」

作業中に浅瀬を歩いている時や、土手の上で短い休憩を取りながら、あるいは水から上がって拾った遺体を渡す合間に、吉田は少しずつ声をかけていった。

しばらくそんなことを続けていると、周囲の自衛官たちも吉田に打ち解けてきた。親しみを込めて吉田を「大将」と呼ぶようになったり、ある時は吉田が被災者だと知ったのか、自分たちの食料を分けてくれたりもした。食べ物に困っていて力が出ないという状況だった吉田にとって、それはありがたい申し出だった。

食料を分け合う、といえばこんなこともあった。ある時、運河の瓦礫を重機で引き上げていると水の中からジュースの自動販売機が丸ごと引き上げられたことがあった。吉田は警察官に歩み寄り、わざとらしく言った。

「なんだか喉(のど)渇いてきましたねえ」

すると警察官も含みを持たせるように言った。

「あー、これは拾得物だね。中身を確認しないとね」

重機オペレーターが強引に自販機を壊すと中から手つかずのジュースが大量に出てきた。警察官は「あー、中身処分しなきゃいけないね」と冗談めかしながら数本のジュースを拾い上げ、プシュッと栓を開けて飲みはじめた。やがて周囲の捜索隊も手を休めて同じように飲みはじめた。

まだどこの店先の商品棚も空(から)になっていた時期のことで、町が壊れ、食料もままならなかった。人に言えた行為ではなかったが、不思議なもので、皆でジュースを飲んでいると、捜索隊員の間に一体感が生まれたような気がした。

ちょっとした流出物を失敬することは何度かあった。ある時は仙台空港の近くのコンビニ跡地から流れ出てきたシャンプーを拾ったこともあった。捜索中、水面に浮いたガソリンや油が顔にこびりつき、どうにも気持ちが悪かった。どこにも風呂(ふろ)に入れる場所がなかったので、できることならそれを洗い落としたかった。作業が終わると運河の土手の上でポリタンクの水をかぶり、頭を洗った。その時に失敬してきたシャンプーで髪を洗うと、わずかだけれども気分がすっきりした。

ただ誰も落ちている金には手をつけなかった。金に手をつけることは越えてはいけない一線のように思われたこともあったが、何よりも現金などあっても使い道がなかった。商店の棚からは食料品が消え、ガソリンスタンドには毎日長蛇(ちょうだ)の列ができていた頃だった。圧倒的に物資が不足していた。現金を拾っても大して意味はなく、当座をしのぐための食料や水、日用品のほうがはるかに意味があった。その意味では誰もがその日その日を生きるための食料や水に飢えていたといえた。

5

木村の遺体が見つかったのは震災から数週間が経った頃だった。別の現場で貞山堀の引き上げの作業をしていた吉田に警察から直接連絡があり、木村の特徴に似た男性が見つかったという話だった。

「ああ、やっぱり見つかったか」

吉田は比較的冷静にその報(しら)せを受け止めた。自分の目で見るまでは信じられないという思いがあったからかもしれない。

吉田が捜索に加わっているよしみもあり、警察からの連絡は木村の父親よりも先に吉田のところに来た。知り合いの警察官に何度も「木村を見かけたら知らせてくれ」と頼んでいたからだった。聞けば、年齢、特徴、発見場所などから可能性が高いとのことだった。

吉田は、自分が行って本人かどうか判別してやらなければと思った。その頃、県内ではおびただしい数の死者が見つかり、警察による身元判別の作業も難航していた。発表にしても、場合によっては「十代から二十代の男性」といった漠然としたものでしかなかった。DNA鑑定に回ってしまえば長い時間がかかるはずだった。自分なら木村を判別できると思ったし、何よりも、もし木村が亡くなっていたとしても、直接自分の目で確認するまでは信じられないという気持ちがあった。

木村が見つかった場所は奇しくも吉田たちが捜索の合間に休憩がてらジュースを飲んでいた、池のような水溜まりだったという。津波の海水が溜まったままになっていたその池の水が干上がり、中から男性が発見されたとのことだった。状況からして、木村に違いないと思った。けれどもどこかで人違いだと思いたかった。木村はどこかで生きているはずだ、と。

本人確認の作業には木村の父と別居していた木村の母もやって来た。遺体安置所になっていた岩沼市内の公民館の広間にはたくさんの遺体が静かに並んでいた。あたりには線香の匂いが漂っていた。そばまで行くと、木村はまだ濡れていた。

こんなになってしまって……ばかやろう、地震が来たら津波が来るって海水浴場のバイトの時にあれだけ教えていたのに。すぐに逃げて高台に避難しろって教えていたのに、どうして逃げなかったんだ。なんのために海で警備員やって、何を勉強していたんだ……。

「違うかもしれない」

「うちの息子はこんなんでねえ」

木村の父と母は静かに言った。両親は木村の死を認めたくなかったのかもしれなかった。

だが吉田には、それが木村だとすぐにわかった。吉田は仙台港で捜索をしていた頃から、海に沈んだ遺体の顔が生前の顔といかに違ったものになるかということを何度も見てきた。捜索が長期化した時など、なるべく頭の中に具体像を描くために「写真を見せてください」と遺族に頼むことにしていた。そして引き上げる度に、生前の写真と変わり果ててしまった姿を見比べることになった。いつしか吉田は頭の中でその差をある程度修正できるようになっていた。

間違いなく木村だった。片方の八重歯が出ていることや、遊びにいく時の服装など、どこから見ても木村だった。遺体の状態は良いものとはいえなかった。損傷は激しくなかったが、水に浸かっていたため、膨張して傷みはじめ、真っ白になっていた。これ以上腐敗が進むと皮膚が切れて、中から白いものが出てくる。そのちょうど寸前だった。

「違いますよね……？」

母親が聞いてきたが、「いや、本人です」と吉田は答えた。

「そうですかねえ。そうですかねえ……」と父と母は繰り返した。認めたくないのだろう。だが吉田ははっきりと言ったほうがよいと思った。お茶を濁してＤＮＡ鑑定などに回したとしても、両親が辛(つら)くなるだけだろうと思った。何より親が息子の顔をわからないということはないだろうと思った。

気がつくと吉田の目にも涙が浮かんでいた。不思議だった。十五年近くのあいだ、何度となく遺体の引き上げをしてきたが、上がった遺体を見て涙が出たことは一度もなかった。そのことで現場の消防隊員に「おめえ、人間か？」と言われたことも一度や二度のことではなかった。だが、その度に、吉田はそんな言い草を退けてきた。

「なに？　そんなのでいちいち泣いていたら仕事にならねえ」

だが変わり果てた木村を見ていると、涙が溢れてきた。木村はただのアルバイトではなかった。破産して人生の意味を失っていた吉田の前に次々と現れては巣立っていった、若い輝きのひとつだった。「主任、主任」と寄ってくればかわいいものだった。

あの時、自分が自衛隊に行くのを許さなければ……。木村は自分のもとで働いていたに違いない。そうすれば守ってやることができたはずだった……。

吉田は自分の人生に後悔という気持ちを持つことは稀だった。「後悔してもしかたがねえ」と前を向いて気持ちを奮い立たせてきた。だが今度の後悔はそうやって吉田が身軽にかわし続けてきた後悔とは違う種類のものだった。たとえようのない色合いを帯びた後悔だった。

「いろいろとお世話になりました」

父は弱々しく言った。体育館の中には、服を着たままの遺体が他にも数十体ほど並べられていた。吉田は木村の本人確認が済むと、遺体を早く棺の中に入れてほしいと思った。遺体が遺体のままでさらされているのはよくないことだと思った。だが、両親の前でそれを言うことはできなかった。

それどころか、ほとんど何も言えなかった。呆然とする父親と、泣き崩れる母親。ビニールシートに覆われ、無言で横たわる木村。父は男手一つで木村を育てた。母は長く離れて暮らしていて、震災の末にこうして息子と対面した。何も言葉にはならなかった。吉田はただ脇のほうに引き下がり、連絡をくれた警察官に礼を言って、その場を立ち去った。

震災からひと月経った頃、どうにか貞山堀のカタがつきそうな予感がした。それは目に見える前進であり、終わりが見えなかった日々に一つの区切りのようなものが見えた瞬間だった。ただ貞山堀の他にも行方不明者が見つかりそうな水辺はあった。増田川に八間堀と呼ばれる小さな川もあったし、広浦と呼ばれる海沿いの入江は特に面積が大きかった。にもかかわらず、自衛隊は撤退を検討しはじめていた。その頃にはすでに発見される遺体の数は著しく減りはじめ、これ以上探しても成果が上がらないということもあった。吉田は違和感を抱き、申し入れをした。

「もう少しやったほうがいいんじゃないの？　これから見つかった人と見つからない人の差も出てくるし。精一杯探さないと」

吉田は市長を含めた会議の場で、全体にそう提案した。吉田の頭にあったのは、震災前にたった一度だけ行方不明者を家族のもとへ返してやることができなかった事案だった。吉田と別れた後も一人で浜辺に向かっていった父親のような人がたくさん出てきてしまう。それを食い止めなければならない。だが吉田の意見も虚（むな）しく、自衛隊は撤退を決めた。「これから先は警察と消防で」ということになった。

撤退の背景には他の被災地に人員を移動させなければならない状況もあったかもしれない。当時、名取市の瓦礫撤去作業は県内の被災地の中でもかなりの早さで進んでいるほうであり、まだまだ人の手が届かない地域は他にもたくさんあった。

結局、警察と消防、地元の人間だけで捜索を継続することになった。だが、自衛隊がいた頃に比べると、人員は大幅に削られ、捜索は一気に細々としたものになった。吉田たちの活動も一応の区切りとなった。その時点で名取市全体でもまだ何十人もの行方不明者が見つからないままだった。心残りはあったが、吉田は今後自分がなんらかのかたちで復興事業に携わることがあれば、工事の合間にできる限りの捜索を続けようと考えた。

五月の連休になった頃、吉田は妻子を連れて、はじめて閖上の自宅跡地に行った。震災直後から避難所暮らしを始め、それから五十日近くも毎日海辺に行っては、潜って捜索活動にあたるというのを繰り返していた吉田には、自宅の様子を見に行く暇もなかった。もっとも見に行っても何もないだろうとは思っていた。避難先の小学校の窓から東側の自宅方面を見た時に住宅地はすべて海になっていた。だから基礎だけになった自宅跡を見ても、さして驚かなかった。吉田の家だけでなく、ほとんどの家は基礎だけになり、様変わりしていた。

それからその足で女川の実家にも行った。女川の母とは震災後に安否確認の電話をしたきりだった。母は無事だったが、実家は壊れていた。高台にあった吉田の実家は祖父が「ここなら津波、来ねえべ」と言って買ったものだったが、津波はその家の二階の天井すれすれまで迫っていた。吉田の母も山の上に逃げていなければ、助からなかった。

五月の中頃、河北新報の記者から連絡があった。小学校の桜の樹に摑まっていた男性が助けてくれた人を探しているというのだった。彼が命の恩人を探しているという話は、それまでにも新聞記事になっていた。その記事を見た市役所の知り合いから、「あれ、吉田さんじゃないの？」と言われていたが、わざわざ名乗り出ることもないと思っていた。だが、記者から、男性が改めて会いたがっていると聞かされ、翌日、文化会館で待ち合わせることになった。

律儀な大西老人は吉田に礼を言いそびれたことを気にかけていたのだった。記者に促されて互いに手を取り、笑顔でカメラのフレームに収まった。女川の港町で、「人命救助をしたい」という作文を書いてから、四十年近くが経っていた。

二人は改めて喜びを分かち合い、それがまた別の小さな記事になったりもした。ただ、大西老人の笑顔も束の間のものに過ぎなかったかもしれない。のちに伝え聞いた話では、閖上で七十年以上も過ごした大西老人は今回の津波で百人以上の知り合いを亡くしていた。助かったといっても、誰もが取り返しのつかなさの中を生きていた。

第7章　群青色の境界

1

二〇一一年が終わろうとしていた。その間に目を覆うばかりだった町の風景も少しずつ変わっていった。自衛隊はいなくなり、捜索も大々的には行われなくなった。田畑から瓦礫が取り除かれ、その上を力強く育った雑草が覆い尽くし、痛ましかった震災の風景を見えないものにした。人々はその変わりように複雑な気持ちを抱いた。町の復興が進むことは歓迎すべきことだ、というのが世間一般の考えだった。一方で被災した人の中には、瓦礫と化した町の痕跡が日々薄れていくことが果たして歓迎すべきことなのだろうか、と感じる人も少なくなかった。

彼らにとって津波に破壊された町はかつての思い出の場所であり、家々の残骸である瓦礫もまた自分たちの暮らしの一部であった。瓦礫に「我歴」という字を当ててそのことを表現する人も中にはいた。当然、復興のためにそれらが不要なものとして撤去されることに人々は心を痛めた。

「壊れた家をそのままにしておいてほしかった」

「街の記憶が取り除かれていく」

「街の復興に心の復興がついていけない」

「復興イコール破壊なんだよな」


復興の矛盾はあらゆるところに現れた。たとえばNHKが作成した復興支援ソング『花は咲く』もその一つだったかもしれない。東北ゆかりの著名人が一堂に会して歌うこの曲は、世間的には傷ついた人々に心を寄せるチャリティソングと目されていた。そのこともあって、テレビ放映されただけでなく、学校の音楽の授業などでも歌われたり、有名な海外アーティスト「イル・ディーヴォ」がカヴァーするなど、日本のみならず世界的な広がりを見せた。まさに心の復興を後押しする感動的な音楽だった。


だが、東北の仮設住宅に住む被災した人々の中には、テレビからこの曲が流れるとチャンネルを変えたくなるという声も上がっていた。

「これから立ち直ろうという時に、震災当時の気持ちに引き戻されてしまう」

「上から目線に感じる」


とりわけ、上から目線に感じるという気持ちは、被災の不条理をよく示していた。歌は世間の応援の気持ちと同時に、自分が一夜にして歌われる側に押しやられた事実を何度も突きつけた。一部の人がそこから目をそむけたくなったとしても無理はなかった。かといって、寄せられる「善意のメッセージ」を声高に否定することも憚られた。そして多くの場合、矛盾した気持ちは人知れず各々の心の中にそっとしまわれるほかなかった。

確かなことは、復興という大きな流れは誰にも止められないということだった。日本中が復興に期待を寄せていたし、マスメディアが「希望」という言葉を繰り返し用い、その期待を増幅させもした。

何よりも復興は当の東北沿岸の人々が求めているはずのものだった。別の言い方をすれば人々は復興を必要とし、またその復興によって傷ついてもいた。巡る季節の中、かたちのない矛盾が人々の心に静かに横たわっていた。

年が明け、東北の凍てつく寒さがやって来た。空気が乾燥し、手はかじかみ、顔の皮膚がこわばり、時には耳まで痛くなる。その寒さはある種の不吉さを伴って、人々に「またあの三月十一日がやって来る」ということを否応なく思い起こさせた。

いや、ある意味では人々はあの震災を思い出す、というほど遠く離れた場所に来てはいなかった。誰もがあの日から大きく歪んでしまった日常を抱えながら日々を送り、その歪みから逃れられないでいた。毎朝プレハブの仮設住宅で目を覚まし、支援物資のテレビをつけると、震災復興関連のニュースが流れている。いやでも自分が当事者であると繰り返し思い知らされる。

ようやく見つけた仕事の帰り道、いつもの交差点でつい閖上に向かって曲がろうとしてしまう。ウィンカーを出してから、はたと気づく。

「あ、閖上、なくなったんだわ……」

震災の爪痕は日常のあらゆる場所に現れ、人々はその逃れられなさにようやく気づきはじめていた。これまでも、これからも、震災とともに生きていくしかないのではないか、と。その意味で、一年の時を経ても多くの人がまだ震災の渦中にあったといえた。

にもかかわらず、「あの日」は人々の中に異様な存在感を持って、再びにじり寄ってきつつあった。凍てつく寒さ。重い鉛色の空。テレビ番組が始める「あの日」へのカウントダウン。それは不吉な足音のように人々の脳裏にゆっくりと、しかし確実に忍び寄っていた。

2

吉田の暮らしも少しずつ変化していった。貞山堀の捜索が終わり、自衛隊が引き上げ、捜索が一段落した頃、避難所を出て、市役所の近くにアパートを借りた。

そして夏が過ぎた頃、吉田は家族を連れて岩手県の鶯宿温泉に一泊二日の家族旅行に出かけた。震災で家族二人に心配をかけた埋め合わせの意味もあった。あの日、妻と息子が止めるのも聞かず、目の前でホースを体に巻いて津波に飛び込んだ。避難所暮らしになってからも、毎日捜索に出かけていたためにそばにいてやることができなかった。おかげで支援物資ももらえず、大きな余震が来ても妻と息子は二人で震えているほかなかった。そんな苦労をどこかで埋め合わせようと思ったのだ。山の中の宿に着き、温泉に浸かると久しぶりにゆっくりとした時間が流れた。家族同士、改めて「生きていてよかったな」と確かめ合ったりもした。それは明日をも知れない避難所での日々からやっとの思いで抜け出して見つけた、家族だけの安らぐような時間だった。

人々は町へ戻るかどうかをめぐって大きく揺れていた。市の復興計画通り、沿岸部での再建になるのか。それとも海から遠く離れた内陸への移転を目指すのか。議論が紛糾していた。

この時期、閖上の町に戻りたいという人の数は半分にも満たなかった。しかし、積極的に戻りたい人というのも、確かにいた。特に生まれてからずっと閖上の町に住んできた人にとっては、かけがえのない故郷であり、簡単に離れるわけにはいかなかった。むしろ震災で町が壊滅的な打撃を受けたからこそ、町に戻り、先祖の土地を守らなければならないという、故郷への思いに胸を震わせる人もいた。大切な人が亡くなった場所だからこそ、その地に残って、亡き人の魂のそばで暮らしたい、と願う人もいた。

ただ、住む、住まないの単純な図式では語れない複雑さもあった。中には閖上に戻って住むことはできないが、家族の供養のために毎日通っているという人もいた。複雑な町への思いが、一人一人の胸に渦巻いていた。

一方で、現地再建を目指す名取市の方針には反対意見もあった。津波の恐怖があるところに、どうしてもう一度住まなければいけないのか。一度津波にやられてしまった町は、またいつかやられるに違いない。護岸工事や嵩上(かさあ)げをしたところで、とても安全とはいえない。忘れがたい巨大津波の残像が、人々に見えない恐れを抱かせていた。特にこれから子育てをしようという家庭では小さな子どもを守り、育てなければならない。こうした思いも無理はなかった。

だが町に戻ろうとする人の数が激減していた理由は単純な恐怖だけではなかった。見つかっていない人が今も眠っているかもしれない場所に新しい家を建てて暮らすことはできない。あるいは仮にすべての人が見つかったとしても、そこに家を建てて笑って暮らせるものだろうか。そんな声もあった。

それは津波の浸水地域が一部の人々の間で聖地化しつつあることを示していた。平坦な田園に囲まれた名取市閖上地区では、津波は数キロ内陸まで押し寄せたのち、田んぼの真ん中を走る仙台東部道路の高さ約十メートルの盛り土の手前で、おおよそ止まった。このため土手よりも海側、つまり東側がおおむねの津波の被災地と見なされた。その事実は西側から仙台東部道路の高架をくぐった時に、一部の人々の中に「ここから被災地に入った」という、敷居をまたぐような感覚をもたらした。

「敷居の向こう側のどこかに、まだ不明者が横たわっている」

そこに家を建てることは、犠牲者の無念に対する冒瀆(ぼうとく)とまでは言い切れないものの、何かしらのうしろめたさや逡巡(しゅんじゅん)を伴うこともあった。

ただその感覚も、よくよく見れば矛盾を含んでいたかもしれない。大震災だけではなかった。それ以前の平和な町も、実は大昔の合戦の跡地であったかもしれない。どこぞに名も知らぬ落ち武者の魂が眠っていて、震災犠牲者と同じように無念を抱いたまま長らく横たわっていたかもしれない。いや、ことは人間の無念だけにとどまらないともいえた。虫や動物やあらゆる生命が毎年のように命を閉じ、その亡骸(なきがら)の上に人々は町を作り、豊かさを享受してきたはずだった。それは人々の生の営みに、ある種の残酷さが本来的に含まれていることを意味していた。

いずれにしても、現実としていまだ人々が横たわるだろう町に家を建てて暮らしはじめるという考えに、一部の人は気持ちがついてゆけず、心をざわめかせた。内なる矛盾を抱えながら、人々はその矛盾とともに暮らしていくほかなかった。

ただ吉田に関していえば、そのような葛藤(かっとう)とはある意味無縁だったといえた。ほどなくして吉田は閖上の町に小さな事務所を構えることにした。津波で被災したものの、かろうじて流されずに残った知り合いの物件を借りて、割れたガラスを補修し、事務所を再開した。吉田は人々が散り散りになった町にいち早く戻ってきた、数少ない一人だった。

吉田が考えていたのは、知り合いの家が津波で壊れてしまい、借り手もいなくなっていたところだったので、ちょうど吉田が借りれば相手も助かるだろうということだった。

その頃請け負っていた仕事は細々としたものだった。役所から発注される、主に被災して仕事がなくなってしまった人々のための一時的な救済策で、海岸や田畑に残された瓦礫を撤去すると市から日当がもらえるというものだった。海水浴場のアルバイトだった若者たちも吉田を頼って入ってきていたために、彼らに仕事を割り振り、生活に困らないようにした。

吉田はそれが終わると、これからやって来るだろう建設業界の復興事業に参入するための準備を始めた。建設業者としての登記をし、事務員と現場の作業員を揃え、潜水道具や車を整えた。

また事務所の一角に若者たちの悩み相談ができる場所を作った。悩みといっても、人生相談というよりは、生活の相談に近かった。震災であらゆるものを失った若者たちが元の暮らしを取り戻すためのサポートをする場所を用意したいと考えたのだ。たとえば今から部屋を借りたいけれどもどうすればいいのか、新しく仕事を探すにも名取で探すべきか、仙台に出るべきか、いろいろな生活の悩みが若者を取り巻いていた。吉田はそれを『希望塾』と名づけた。

3

震災からちょうど一年経った二〇一二年三月十一日、吉田は海水浴場の若者たちを連れて朝一番に木村の墓参りに行った。震災からの一年の節目の日だった。それは木村の命日でもあった。木村の父親が来る前に行こうと思い、朝六時に行った。

木村と一緒に海水浴場でアルバイトをし、木村の捜索に加わった若者たちのうち、何人かはそのまま吉田の会社に入っていた。みんな知っている顔ぶれだった。

吉田は木村の墓前でこの一年のことを報告した。今年の夏はどうにか海水浴場を再開したかったが、東北中が喪に服している中、時期尚早だという声が多数を占めていた。吉田はなるべく早く元の町に戻すためには海水浴場を再開したほうがよいと考えていた。

「再開したら必ず木村も連れていくからな」

吉田は心の中でそう声をかけ、木村が好きだったコーラやビールにタバコも供えた。線香をこぼれるくらい山盛りに供え、若者たちと「おい、これじゃ熱いんじゃねえのか」と笑い合った。


吉田は木村の父親のことも気になっていた。息子の命日に挨拶(あいさつ)をしにいこうという考えもよぎった。しかし父親の気持ちをあれこれと想像した結果、結局やめることにした。

吉田は父親の気持ちをこんなふうに想像していた。亡くなった自分の息子と同じ年頃の仲間を連れていって仏壇に手を合わせる。父親は快くみんなを迎えてくれるだろう。

「よく来てくれたね、ありがとう。今、みんなどうしてるの？」

「吉田さんのところで頑張ってます」

「そうなの。頑張ってね。ありがとうね、来てくれて」

「はい……」

だが帰り際、若者の後ろ姿を見た時に、父親はどう思うだろうか。来てくれて良かったなと思うか。それともうちの息子も生きていればああいうふうに仲間同士で笑って……と思うか。両方の気持ちがないまぜになる父の胸の内が想像された。しかしやはり生きている若者たちを恨めしく思うような気持ちが勝るような気がした。父親はことあるごとに思い出すのではないか。町を歩いていて似たような年頃の若者を見ると思わず息子だと思ってしまうのではないか。そこに追い打ちをかけるように若者たちを連れていく必要はないのではないか。

あるいは自分が木村の父だったら若者たちに来てほしくないと思うかもしれない。そっとしておいてほしいと思うかもしれない。そうであれば父親に知られずに墓参りに来たほうがいい。後から墓に来た父親が積まれた線香を見て、「ああ、忘れないで来てくれたんだな」と思ってくれたほうが、あるべき弔(とむら)いのかたちのような気がした。

いろいろなことがあった一年だった。あの三月十一日を境に、すべてが大きく変わってしまった。仙台港での遺体を拾い上げた八年間が凝縮されて一瞬のうちにやってきたようだった。見えるものも見えないものも、あらゆるものが捻(ね)じ曲げられ、うまく言葉にならないことも多かった。その言葉にならなさの中で、吉田はぼんやりと一つのことを感じていた。

仙台港で次々と自殺者を引き上げた日々と、震災犠牲者を貞山堀から引き上げた日々。何かが大きく違っているように思われた。もちろん死者の数も、犠牲の在り方もまったく違うものだった。何もかもが違って当たり前でもあった。

ただそれでも吉田の中に引っかかっていたのは、震災後に貞山堀で経験した引き上げでは、そこに垣間見えた「死の質」とでもいうべきものがそれまでとは根本的に異なるような気がしていたことだった。漠然と思っていたのは、「人の死には色がある」ということだった。もちろんイメージに過ぎなかったが、仙台港で引き上げた遺体は、たいがいが深い青みを湛(たた)えている気がした。それは夜明け前の空のような深い群青色だった。一方で震災以降の引き上げや、その遺体につきまとっていたのは、重苦しいどす黒さである気がした。

この違いとはいったい何で、どこから来るのだろうということは正直わからなかった。仙台港では、一つの遺体を引き上げたのちに、引き渡しを終えて警察や遺族に礼を言われ、どこか安堵するような時間があったからだろうか。あるいは、死んでいった人の人生がいくばくかでも見えてきたことが、なにがしかの救いのようなものを吉田にもたらしたか。肉体の断片が次々と水面に上がるような貞山堀ではそれも望めなかった。死んでいった人の意志の違いもあったかもしれない。自ら死のうと思った人と、数時間前まで普通に暮らしていた人とでは、不条理の質もどこか違ったものであったはずだった。

しかし震災後の引き上げにも、群青色の死はあった。木村の死がそうであった気がする。同じ震災後に見た遺体でも、木村だけが何か違った色合いを帯びていた。そのことも不思議だった。

どこかで感じていたのは、どす黒さよりも群青色のほうが、わずかに良いような気がしていたことだった。人の死の良し悪しなど簡単に語れるはずもなかったが、なぜかそういう気がした。

一つのことが言えたかもしれない。死者を見つめるあらゆる眼差しが、黒い死から、群青色の死へと変わっていくことを望んでいなかったか。戒名ももらえない貧しい老婆がマジックで板に息子の名前を書いたのも、ともにサンドバギーに乗った父親が「ありがとうございましきたのかもしれない。

た」と言って再び浜辺に向かっていったのも、漆黒（しっこく）の場所から群青色の境界の向こうへ、宙吊（ちゅうづ）りのままの死を連れて行こうとしていたのではないか。ひょっとすると吉田自身も、水底に沈む死者たちを同じ群青色の境界の向こうへ連れて行ってやろうとして、長く引き上げを続けてきたのかもしれない。

震災から一年が過ぎ、吉田に再び行方不明者捜索の機会が訪れた。警察や自衛隊による捜索が大幅に縮小されてから、半年以上が過ぎた頃のことだった。市内の数十名の行方不明者の家族の嘆願によって、改めて捜索が行われることが決まったのだ。

ただそこに至るのも簡単ではなかった。「成果が見込めない」として徐々に捜索活動が縮小されることに耐えられなくなった幾人もの不明者の家族が結束し、市役所に何度も掛け合って気持ちをぶつけ、やっと実現したものだった。

被災した人同士のあいだでも次第に温度差が大きくなりつつある時期だった。ある人は仕事を見つけて津波の被害のなかった土地に引っ越し、新しい生活を始めていた。またある人は仮設住宅に踏みとどまって町の復興を今かと待ちわびていた。

だが不明者家族の気持ちは、ある意味でその復興からも取り残されていた。あの日から突然家族の消息が途絶えてしまった彼らにとって、家族がどこかで生きているのか、あるいは津波で亡くなってしまったのか、それを知る手がかりさえ見つかっていなかった。

彼らの心は深く傷ついていた。震災直後から避難所をいくつも回り、遺体安置所で無数の柩（ひつぎ）

を覗き込み、捜索の現場にも赴いた。しかしどこを探しても家族はいなかった。自衛隊や警察が半年ものあいだ探し尽くした後、いったいどこにどんな可能性が残されているのか。さまざまな憶測がなされ、議論され、その度に心がすり減っていった。

ある人は、田んぼの土の中に埋まっているのではないかと考えた。震災直後、多くの遺体が田んぼの瓦礫のあいだから見つかっていたため、土を掘り返せば出てくるのではないかと考える人がいた。とはいえ土を掘り返したとしても、どの層までが津波で運ばれてきた土で、どこからがもともとの土なのか、その見極めは難しかった。

さらに田んぼの捜索を難しくしていたのは、海から津波で流されてきた船だった。おおかたの瓦礫が取り除かれた後も、撤去されないままの船が田んぼの真ん中に傾いたまま放置されていた。自衛隊も警察もくまなく捜索したとはいえ、さすがに動かない船の下は捜索できなかっただろう。だとすればその船をどかせば見つかるかもしれない、と考える人もいた。

またある人は、家族は津波の引き波にさらわれて海まで流れていったのではないかと考えた。実際、同じ宮城県でも北部の三陸地方のように狭く入り組んだ海岸線の町では引き波の勢いは相当なものだった。ただ、平らな仙台平野に位置する閖上の町では、三陸ほどの強い引き波があったとは考えにくかった。そのため一度内陸に流された人が、再び引き波に乗って何キロもの平野を海に向かって流れていったという推測に疑問を呈する人もあった。とはいえ、行方不明者家族にとって、可能性の大小は問題ではなかった。海岸からほど近い海の底を底引き網のようなもので掬い上げれば、行方不明者が見つかるかもしれない……そう考える人もいた。

そんな行方不明者家族たちにとって、「復興」という言葉は必ずしも歓迎すべきものとは限らなかった。むしろ彼らにとってその言葉は大きな矛盾をはらんだ、のっぴきならない事態を意味していた。復興が進めば行方不明の家族との再会の可能性が消えてしまうのではないかという懸念があったからだ。

更地(さらち)になった土地に土が盛られ、新しい町が作られていくことは、復興の過程で避けられない。彼らとしてもそのことはわかっていた。しかし、いまだ見つからない自分たちの家族が横たわっているかもしれない土地に重機が入り、土が踏みならされ、新しい町ができる。やがて人々が暮らしはじめ、土地の下に眠っているかもしれない家族のことは忘れられてしまう。深い悲しみもなかったことにされてしまう。それは一部の行方不明者家族にとって耐えがたいことだった。

そんな思いから「見つからないうちは町づくりを始めないでほしい」という本音を漏らす人もいた。だがこの悲痛な叫びも、一部から反発を買うことになった。

「気持ちはわかるが、見つからない人を待っていては、復興は前に進まない」

町づくりの会議があった時、復興を加速させたい人と、不明者の捜索を続けたい人の間の溝が露(あら)わになり、重苦しい雰囲気がテレビで放映されたりもした。

一部の被災者が「復興」という言葉に懐疑的にならざるをえない理由は他にもあった。復興に携わる人々が被災者の気持ちを逆なでする出来事が度々起きていたからだった。ある時こんなことがあった。「がんばろう東北」という垂れ幕を張ったトラックが復興作業のために更地になった町に入ってきた時のことだった。土木工事の合間の昼休みにタバコを吸った作業員が、大量の吸い殻を捨てていったのだ。

褒められたことではないにせよ、タバコのポイ捨てというのは通常の工事現場では珍しいことではなかったかもしれない。だがそれが震災の被災地となると、まったく違った意味合いを帯びることとなった。被災した人々にとっては、町は特別な場所だった。たとえそこが更地になったとしても自分たちの町であり、いまだ見つからない家族が眠る場所だった。それは長年生きてきた古い記憶を振り返り、取り返しのつかない惨事の跡を見つめ、それぞれの生を静かに見つめるための冒されざるべき場所だといえた。まさに聖地だった。

「被災地に平気でゴミを捨てていく人間が、どうして復興支援などできるのか」

そんな怒りが地元の人々のあいだに湧き起こるのも、もっともなことだった。

こんなこともあった。ある時、被災地を見学に来たバスツアーの乗客が、トイレが近くになかったためか、慰霊碑の近くで立ち小便をしてしまった。近くにいた遺族が激しく怒り、それをその時たまたま取材中だったテレビカメラが映し、番組で放送してしまった。その放送を見た地元の人からは「怒りはもっともだ」という声もあれば、「そんなに怒ると復興支援に人が来てくれなくなる」などという声も上がった。

そもそも更地になった場所にトイレがないのがよくないのではないかという声もあったが、多くの人の頭をよぎったのは、被災地内外に横たわる埋めようのない温度差だった。

その頃までには被災地に多くの人々が全国から押し寄せはしたものの、中には個人的な思い入れがさほどない人もあったかもしれない。

温度差といえば、吉田自身ものちに信じがたい話を聞いたことがあった。震災後に復興事業として仙台港で浚渫工事をしていた業者と話していた時のことだった。海底から人の顎の骨らしきものが見つかったが、「めんどくせえから投げた」というのだった。「投げる」とはこのあたりの方言で「捨てる」ことを意味する。吉田が理由を尋ねると、「作業が遅れるから」という答えが返ってきた。

確かに工事中に人骨が見つかると警察を呼んで現場を検証したり調書を作ったりせねばならず、工期の遅れにつながりかねない。工期が遅れれば元請け業者に対する違約金が発生したり、次の仕事が取れなくなったりという不具合が出てくる。その意味で、業者にとっては工事現場で人骨が見つかることは「やっかいなこと」ではあった。だが震災後に多くの行方不明者の家族が必死に捜索をしている中、少なくとも通報をすべき事案ではあったはずだった。

いずれにしても復興の現実は世間が思うほど美しくもなく、簡単でもなかった。にもかかわらず、復興の負の側面はあまり世間に知られることがなかった。マスメディアの多くは復興を「希望」という言葉と結びつけて語り、前向きなストーリーに仕立て上げた。そしてそこから外れるものは語られる機会を失っていった。

行方不明者の家族たちは、そんな世間との圧倒的な温度差に悲しみ、傷つき、時に怒ってさえいた。それは彼らが二度傷ついていることを意味していた。一度は震災で家族や故郷を失ったことで。二度目は世間との激しい温度差によって。最初はまぎれもない天災であったが、二度目は人間や社会との関わり合いの中で生じた人災だったといえた。

4

「行方不明者の潜水捜索を実施してもらえることになりました」

吉田はそう綴られた、行方不明者家族のブログを読んだ。そのブログは、再捜索を切望した、八か月にもならない我が子がいまだに行方不明だという父親が書いたものだった。再び始まる約二週間の捜索を機に、吉田はふと、不明者の家族がどんな思いでいるのか知りたいと思ったのだ。

ブログを書いた父親やその家族のことは、吉田も以前から知っていた。小さな赤ちゃんの写真とともに「さがしています」と書かれた張り紙が、震災後の荒廃した閖上の町のあちこちに貼られていたのを、吉田も目にしていたからだった。

しかし、家族四人が津波の犠牲になり、うち二人がいまだ行方不明であるという、その夫婦の内面が綴られたブログを読むのははじめてだった。

ブログの記事には、成果がないとして自衛隊や警察や消防の捜索を打ち切り、ほとんど捜索を行わなくなってしまった名取市の現状への失望も色濃くにじみ出ていた。また、それを受けて再び捜索がなされるようにと、嘆願書の署名を集めてきた奮闘の様子なども記録されていた。男性の妻のブログには悲しみと愛は一つのものだという話も綴られていた。深い悲しみは亡き人、あるいは行方不明の家族への深い愛情とつながっており、家族を愛する限り悲しみも消えず、悲しみからの回復もない、ということのようだった。

約二週間という捜索期間は決して長いものとはいえなかったが、行方不明者家族の思いに触れ、吉田は自分の仕事の意義を改めて感じた。仮に見つかったとしても、それで家族が単純に喜ぶかといえばもちろんそんなことはないはずだった。むしろ吉田の仕事の成果は、家族の亡骸の発見という厳しい現実を意味する可能性が高い。家族にとってその重さは計り知れないものとなるに違いなかった。

それでも家族の願いは捜索が継続されることだった。そうであれば吉田は全力で取り組んでできるだけのことをしたいと思っていた。それは使命感に近い感情だった。

やがて捜索が始まった。岸壁にはブログを書いた父親の姿もあった。今まで岸壁にやって来た家族がそうであったように、父親の表情には厳しいものがあった。

「もう一年が経ちますが、小さな子どもでも見つかりますか？」

不明者である子どもの父親が吉田に尋ねた。吉田は躊躇（ちゅうちょ）した。安易に期待を持たせるべきではないし、かといって厳しい現実を突きつけることも憚られた。

この時点で名取市内ではいまだ五十五名が見つかっていなかったが、それらの人々がいったいどれくらいの確率で見つかるのか、吉田にとってもすべてが不透明だった。ただ言えることは、時間が経つにつれて可能性が低くなるということ、そして、同時にそれでも可能性がないとは言い切れないことだった。

「可能性はゼロではないですが……」

可能性はゼロではない。吉田はいつかと同じことを言っていた。それはかつて閖上の浜辺でサンドバギーに乗って父親とともにその行方不明の息子を探した時、何日も探した末、父親に「まだ見つかる可能性ありますよね」と問われ、吉田が返した言葉だった。

吉田の頭には別の引き上げのこともあった。十年近く行方不明になっていたある人の娘を、吉田が工事中にたまたま見つけたことがあった。その時に父親が「いくら探しても見つからなかったけれど、やっと戻ってきたね」と言った。

今回の震災の行方不明者の家族もその時の親と同じように言うだろうか。それとも精も根も尽き果てて、泣き崩れるのだろうか。その後の日常をどのように生きていくだろうか。

ただ吉田にはどれだけ想像しても、行方不明者家族の気持ちが、わかりそうでわからなかった。自分は所詮、家族を亡くしていない人間なのだ。そう思うと吉田は彼らの気持ちを理解できるだけの人生の深みのようなものが欠けている気がした。ただ自分にできる手助けをする。

それだけのことでしかなかった。

閖上の港の岸壁には経験豊富なダイバーが全国から集まっていた。中には関東でレジャーダイビングのインストラクターとして生計を立てていた熟練ダイバーもいた。不明者捜索の潜水とレジャーダイビングといえば、かなりの隔たりがあったが、そんな畑違いの業界からもダイバーがやって来ていたのには、「被災地のために」という思いの他にも、別の事情があったかもしれない。

震災で関東のレジャーダイビング業界は大打撃を受けてしまっていた。震災後に海に対する世間のイメージが大きく変わってしまったためだった。震災以後、来（きた）るべき別の災害のことも大きくクローズアップされるようになった。

「東海地震」、「南海トラフ」という言葉がメディアを飛び交った。

「あの恐ろしい津波の映像が再び現実のものとなるのか」

そんな恐怖からか、海で遊びを楽しむ人の数は減ってしまった。当然、新しくダイビング講習を受けようという人も少なくなった。仕事もなくなり、普段、若いＯＬなどを相手にダイビングの免許を取らせることで生計を立てていたダイバーが、活動の場を求めて被災地で再開された不明者捜索に加わることになったのだ。

捜索が始まり、黒いドライスーツを装着したダイバーたちが次々と海に潜っていった。岸壁の一帯にはスピーカーから流れるダイバーたちの独特な呼吸音が響き渡った。フーカー式の有線マイクが海中のダイバーたちの呼吸音を拾う音だった。スーハースーハーという喘息患者の荒い息遣いのような音に混じって、コポコポという水の流れる音もあたりに響いた。

何事もなく最初の数日が過ぎ、やがて何日か目に、港の水の中から女性もののキャミソールが見つかった。他にもいくつかの遺留品が見つかってはいたが、このキャミソールが特別だったのは、そこに一本の毛髪がついていたことだった。この毛髪の発見に、現場の作業者たちはかすかにざわめいた。髪の毛。それはまぎれもない人体の一部だった。

とはいえキャミソールに髪の毛がついていたからといって、そのまま行方不明者の発見につながるかといえば、もちろんそうではなかった。むしろ冷静に考えれば、キャミソールは震災当時、誰かが着ていたわけではない可能性も十分にあった。どこかの家のリビングにくしゃくしゃのまま置かれていて、絨毯に落ちていた髪の毛がたまたまついたのかもしれない。あるいは着ている時に知らずに髪の毛がついてしまったまま、それをハンガーにかけたり箪笥にしまったりしたのかもしれない。

しかし、そうとわかっていても、髪の毛というまぎれもない人体の一部の発見は意味あるものだった。潜っては海底をくまなく探す、という単調な作業が繰り返される中、髪の毛一本の発見は捜索の大きな前進として感じられたのだ。

だが実際に、その毛髪を警察の鑑識に回してみると、行方不明者の手がかりにはならないことがわかった。仮に髪の毛に毛根が残っていれば技術的にはＤＮＡ鑑定が可能だったが、今回のキャミソールの毛髪には肝心の毛根が残っていなかった。よってＤＮＡ鑑定による行方不明者の照合作業は不可能とされた。加えて、その毛髪が仮に行方不明の誰かのＤＮＡと一致したとしても、髪の毛一本の発見によってその人の死を断定することもまた、合理的な判断とはいえなかった。

鑑識から戻ってきた鑑定結果は、作業者たちや行方不明者家族を落胆させるものでしかなかった。

結局、約二週間の捜索期間で行方不明者の手がかりになるようなものは見つからなかった。引き上げることができたのは、洋服などの遺留品だけだった。吉田は後ろ髪を引かれる思いがした。まだ捜索を続ければ発見の可能性があるし、行方不明者家族たちもそれを望んでいたはずだった。しかし、発見に至る前に作業を切り上げなければならなかった。

この二週間のあいだに見つけた遺留品の中にはたくさんの衣類や写真などが含まれていた。吉田は引き上げた遺留品を社員の若者たちに丁寧に洗わせ、閖上小学校の体育館に一つずつ並べることにした。その頃、被災して使われなくなった閖上小学校の体育館は、思い出の品々が静かに陳列される、町で唯一の場所だった。震災直後、まだ町が一面瓦礫の海だった頃、被災した一部の人々がその瓦礫の中から写真や遺影やランドセルなどの思い出の品々を拾い上げて、洗浄し、綺麗（きれい）に陳列する活動を始めた。吉田たちも、見つけた品々を同じように陳列すれば、いずれ誰かが引き取りに来るかもしれないと考えたのだ。

だが、陳列したことによって、市役所を通してある男からクレームが入った。こんなに汚いものを置かれては困る、という趣旨のクレームだった。海の底から拾い上げたものはヘドロにまみれていて、洗っても臭(にお)いの落ちないものがあった。

しかし、吉田はそうしたクレームが入ったことに対して逆に怒りを覚えた。

「そんなことを言ったのはどこのどいつだ？」

吉田は自分の事務所にその男性を呼びつけ、「臭(くさ)かろうが汚れていようが、被災した人にとっては思い出の品だ」と言い募った。

吉田たちが、捜索をしたのはこの時だけではなかった。それから数か月後に、閖上港の防波堤の工事を宮城県から請け負った時にも、水中捜索の機会があった。それは訪れた機会というよりも、吉田が復興の過程でなんとかねじ込んで作った機会だった。

閖上港入口の、震災で壊れたブロックの撤去と新たなブロックの据え付けというのが仕事の内容だった。港内の航路の北側のA護岸を吉田たちが、南側のB護岸を別の会社が担当することになった。

吉田は元請け業者に対して、海底の消波(しょうは)ブロックを撤去する工程でダイバーによる目視の捜索過程を入れることを提案した。ブロックの撤去前、撤去最中に、そしてブロックが撤去されたあとにもそれぞれ目視を入れるべきだ、と。特に増田川という小さな川と閖上港との接続部分では水の流れが潮の干満差によって速くなってしまうため、ブロック撤去直後に探さなければ、その後行方不明者の遺体や遺留品が流れてしまう可能性があった。

吉田にはこれが、復興が進む前に行方不明者の捜索が行われる最後のチャンスだと思えた。この段階できちんと捜索をするかしないかで、行方不明者の家族の気持ちも違ってくるだろう。

元請け業者も吉田の提案に当初は理解を示した。ただこの方針にはリスクがないわけではなかった。水中での目視作業を入れると、本来なら二日で終わるはずの工程が四日くらいかかってしまう。当然、元請け業者は工期が遅れてしまうことに難色を示した。だが吉田も食い下がった。その遅れを別の工程を短縮することで取り戻す自信があった。しかし、吉田の提案は最終的に受け入れられなかった。

「そんなことはしなくていいから、とにかく工期に間に合わせてくれ」

元請け業者は震災後に県外から入ってきた業者だったため、吉田にはその考えの違いが、被災者かそうでないかの温度差に思えた。結局、このことがもとで発注元の担当者との関係がこじれ、最終的には吉田の会社は現場に来ないでくれと言われた。吉田たちは現場から外されることになり、およそ一億円の仕事がふいになった。「可能な限り捜索を続けていく」という行方不明者の家族との約束を守ろうとしたために仕事を失うことになった。

ただ吉田たちは地道な目視によって遺留品を二十三品目引き上げた。B護岸を担当した会社は、県外からの業者だったこともあってか、捜索活動はせず、遺留品の引き上げもなかった。

吉田は自分に言い聞かせた。

「経営者としては間違っていたかもしれないが、人間としては間違っていなかったはずだ」

吉田の方針はある意味で間違っていなかったのかもしれない。それからさらに一年ほど後、別の元請け業社から広浦の浚渫作業の案件が回ってきた際、水中から遺体が出てきたのだ。広浦は閖上港を奥に進んだところにある、大きな入江であり、吉田が懸念していた増田川との接続部分にも近かった。その広浦から二台の車が別々に見つかり、それぞれに遺体が入っていた。車のナンバーなどの手がかりから、二体は震災前に別々のかたちで行方不明になっていた男性だとわかった。

これらの発見は震災の行方不明者とは直接関係がなかったものの、その捜索過程で新たにわかってきたこともあった。震災で港の海底の地形が変わってしまったことや、想像以上の堆積物が積もっていたことなどだった。それらを掘り返せば行方不明者が出てくる可能性はまだあると考えられた。

広浦のあたりから震災の行方不明者が発見されるかもしれない。吉田はそう思い、集中的な捜索を試みた。とはいえ下請け業者である以上、工期を延ばすことはできない。吉田がとった行動は作業人数を倍にし、その分の人件費を自ら負うことだった。

また県から発注された工事範囲の外側の捜索も進めるべきだと思い、宮城県に当初の工事範囲を拡張するように掛け合った。しかし、県の担当の返答はあくまでお役所的なものにとどまった。今回はあくまで工事のために必要な範囲の浚渫であって、捜索の目的で工事範囲を拡張することはできない、と。

「これでもう終わりなんですか」

いつか行方不明者の母親が涙ながらに訴えていた悲痛な姿が思い出された。しかし、吉田はどうすることもできなかった。

エピローグ

歳月はあっという間に過ぎた。震災から五年目の三月十一日がやって来た。あの日と同じように晴れた朝だった。プレハブの社屋に日の光が注いでまぶしかった。向かいには新しい四階建ての社屋ができつつあった。復興事業で会社が大きくなったため、吉田は銀行から融資を受けて新たな社屋を建てたのだ。いつかの夏、根来淳に語ったことが現実になろうとしていた。社屋のビルには非常時に地域の避難所として開放するための機能を加えた。津波が来た時に高い建物がなかったために逃げ遅れてしまった人がいた教訓からだった。千年に一度といわれた震災だったが、すぐまた起きないとは限らない。万が一同じような震災が起きた時、同じ過ちを犯さないための何かを行動に移さなければいけないと考えていた。

この日、吉田たちは捜索活動のために閖上港に潜ることになっていた。吉田たちが行った最後の捜索から時間が経っていたが、その後も警察や海上保安部も含めて時折捜索活動が続けられてきた。月命日になると、警察が棒を持って田畑を捜索したり、海上保安部の隊員が海に潜る風景が地元のテレビに映し出された。吉田も節目となる五年目に何かをしたいと考えていた。

五年のあいだに閖上の町も少しずつその風景を変えていた。家々の跡地は相変わらず更地(さらち)のままだったが、使われなくなった中学校の校舎は取り壊され、新たな町を作るための嵩上(かさあ)げの土が少しずつ盛られはじめていた。あの日、吉田たちが逃げ込んだ小学校の校舎も解体されることが決まっていた。

かつて松林が豊かだった砂浜には、かろうじて津波に耐えた何本かの松が残り、その松林と入れ替わるようにして、今や巨大な防潮堤ができつつあった。クレーンのアームが伸び、土砂をいっぱいに積んだダンプカーがほこりを巻き上げながら往来し、ショベルカーが延々と土をかき分け、作業服を着た人々がコンクリートの斜面に小さく張りつきながら黙々と業務をこなしていた。

海上保安庁のヘリコプターがバラバラと音を立てて上空を通過し、時おり仙台空港から飛び立つ飛行機が沖の空へと小さくなっていった。

遠い蔵王の山々にまだうっすらと雪が残っていたが、長い冬にようやく終わりが見えはじめ、遅い春がすぐそこまでやって来ていた。

港を吹き抜ける風はあくまで冷たかったが、紺碧(こんぺき)の海に柔らかな日差しがきらめいていた。それはあの日人々を恐怖へと追いやった、牙(きば)をむくような自然の厳しさとは違った、穏やかな海の表情だった。

時の流れは緩やかだった。いまだ果たせぬ「復興」という言葉にしびれを切らせた町の人々にとって、時はあたかも止まったように感じられたこともあった。だが時は動いていた。緩やかに、静かに海辺の町を流れていた。

浜辺ではボランティアグループが砂の中を捜索していた。震災以降、何年ものあいだ、町の側溝を中心に懸命に捜索を続けてきた地元の団体だった。その作業現場からほど近い場所で、吉田たちも港の海中捜索を開始することになった。作業に取りかかる前に、皆が海に向かって一列に並び、黙禱（もくとう）を捧（ささ）げた。続いて吉田が捜索開始の挨拶（あいさつ）をした。吉田は、目的はあくまで行方不明者の捜索だが、遺留品があれば小さなものでも引き上げてほしい、と言った。

もう吉田自身は海の中に潜ることはなかった。自ら育てた若い潜水士たちに任せ、自分は陸上から指揮を執る体制に変わりつつあった。もし何か難しい局面になれば自分が潜ることも考えたが、何事もなければ自分の出番はないだろうと考えていた。

捜索が始まると、港にはいつものようにスピーカーから流れるダイバーたちの呼吸音が響き渡った。フーカー式ダイビングの有線マイクが水中のダイバーたちの呼吸音を繰り返し拾い、その音に混じって海流がマイクに当たるコポコポという音も聞こえた。

スーハー。スーハー。スーハー。

海底の捜索にあたる五人のダイバーの中には佐伯優也の姿もあった。亡くなってしまった木村郁人と一緒に雇った、新たな会社のはじめての社員だった。出会った頃は海水浴場でフェンスに海水パンツを引っかけ、「おじさん、バイト雇ってないんすか？　俺、泳ぎ得意なんすよね」と軽口を叩いていた地元の高校生だった。

　今もやんちゃな若者であることに変わりはなかった。つい最近も危ういことがあった。車に乗って速度を出しすぎ、ハンドル操作に失敗して、車を大破させてしまったのだ。肋骨が肺に刺さり、集中治療室に運ばれる重傷だった。事故現場で電柱に巻きついた車を見て吉田は「助からないな」と思ったが、佐伯は奇跡的に生きていた。

「俺、会社、クビになるんすか？　本当にすみません。なんとかクビにしないでもらえませんか」

　病室で青ざめていた佐伯だったが、二か月近く入院すると、回復して再び前と同じように現場で潜りはじめた。

　しかしこの六年の間に確かな成長もあった。佐伯がこれから潜水士になろうという頃にはテレビの取材が来たこともあった。水難救助の分野で頑張っている若者としてテレビで取り上げられ、佐伯が潜水服を着て吉田から訓練を受ける様子が放映された。それは広い意味で復興に向けて頑張る若者という前向きなストーリーだった。

　無事に潜水士の資格を取ると、土木の現場で潜りはじめ、ようやく潜水士としてのスタートラインに立った。そして今、土木だけでなく、震災の不明者の捜索にまで活動の幅を広げている。それは若者ならではの、確かな成長と変化だった。

佐伯だけではなかった。多くの若者が吉田を頼って会社に入ってきた。ひとくちに若者といってもさまざまだった。真面目すぎて周囲に溶け込むのに苦労している者や、ガールフレンドをとっかえひっかえしているお調子者もいた。将来が見えずに悩んでいる者や、中には震災で家族や親戚を亡くした者もいた。

だが、どの若者を見ても吉田が感じることは、社会の隅っこにしがみつき、慣れない仕事を覚えていく一生懸命さだった。多少向こう見ずで危なっかしいところがあったとしても、彼らは混じりけがなく素直でみずみずしい存在に見えた。

「これで彼女に服でも買ってやれ」

恋人ができて浮き立っている彼らを見ると、なんとはなしに吉田も嬉しくなって、小遣いをやったりした。

かつて吉田は若い頃に土建屋の社長に「おめえ、今、何が欲しい？」と聞かれて「歳が欲しい」と答えたことがあった。独立して間もなかった頃のことで、周囲に認められたいと、吉田は生き急いでいた。だが、あれほど欲しかった歳を重ねてみると、今度は若さの中に含まれたかけがえのなさがどこか眩しく見えていた。吉田はもうすぐ五十歳になろうとしていた。

＊

結局この日も、行方不明者の手がかりになるようなものは見つからなかった。海底から見つかったのはそろばんのケースのようなものが一つだけだった。正直なところ、もうこれ以上港の中を探してもめぼしい成果につながらないように思えた。

五年が過ぎて、捜索もある程度の区切りの年になるかもしれないと考えはじめていた。決して探さないほうがいいということではなく、探したくないというのでもなかった。ただ、探しても行方不明者の家族の期待に応（こた）えられる可能性が現実的に低くなってきていると感じていた。そしてその現実が行方不明者家族を苦しめることになっているのかもしれないと思うようにもなった。

この五年間、何度も捜索現場に立った。その度に、見つかるかもしれないと思いながら現場に赴き、成果が上がらずに一日が終わる。それを繰り返していると、あるはずの手応えが徐々に薄らいでいった。だがその遠ざかる感触のことを行方不明者の家族たちに言えずに長い時間が過ぎていた。

いつしか吉田の中で「見つける」ことよりも「見つからないことをはっきりさせる」ことに比重が置かれつつあった。もしこのまま捜索を続けても見つからないのであれば、その時に吉田ができることは何か。それは「やれることはすべてやった」という事実を提示することでしかない。それが不明者家族の終わりのない葛藤（かっとう）に、なにがしかの区切りをつけることになるかもしれない。そんな思いがあった。

あることが頭を離れなかった。かつて同じ閖上でサンドバギーに乗ってともに夜の砂浜を駆け、見つからない息子を探し続けた父親のことだった。震災前にたった一件だけ、行方不明者を見つけることのできなかったあの事故で、吉田は別れ際に「可能性はゼロではないです」と言ったことをどこかで後悔していた。あんなことを言わなければ、「ありがとうございました」と言って再び海に向かっていった父親の、永遠に浜辺をさまようような後ろ姿を見ずに済んだかもしれない。自分はどこかで彼の終わりのない彷徨(ほうこう)に区切りをつけてやれたのではないか……。

いつしか吉田は父親の心の中をこう想像するようになっていた。見つけてやりたい、息子はどこにいるのか。いつ再会できるのか。それは胸を焦がすような思いにちがいなかった。ただ、そうした再会への渇望のどこかに、一片の罪悪感のようなものがある気もした。見つけてやれなくて済まない。本当はもっと探したいのだが、生活もあって、仕事もあって、そればかりはできない。どうすればいいのかわからない。申し訳ない……。見つからない家族に対して、そんな気持ちがあるのではないか。

だとすれば、精一杯探した事実を見せてやることで、そのうしろめたさをわずかばかりでもやわらかなものにしてやることができないだろうか。吉田が精一杯探し終わった後に、何か遺族に言葉をかけるとしたら、それはこのようなものだったかもしれない。

「本当に一生懸命探したんだ。そんなに自分を責めなくてもいいんじゃないか……」

面と向かって言うことはできないにせよ、見つからないことをはっきりさせるという吉田の捜索には、どこかでそのようなメッセージが込められつつあった。結局のところ、探し続けても見つからないということの繰り返しの中に何かを見出せるとすれば、それは遺族の気持ちの変化以外にあり得ないのではないか……。

しかし、その考えもいささか楽観的であったかもしれない。不明者家族の中には、悲しみと愛は一つのものだと感じる人もあった。二つの気持ちは、根っこの部分でつながっており、切り離すことはできないものだ、と。家族を愛する気持ちがある限り悲しみも消えないとすれば、捜索や再会への願いもまた、容易に断ち切れるはずのないものだった。あるいはある人にとっては、探し続けたいと願うことそのものが、行方不明の家族への新しい愛情のかたちとなるのかもしれない。本人たちがそれを愛情と呼ぶかどうかは別にしても……。

吉田は、ふと自分が行方不明者の親だったらどうするだろうと考えることもあった。木村が行方不明になった時、仲間を集めて捜索に打って出た。そして数週間後に、見つかった。だが、もしそれが自分の息子であったなら。そしてその息子が何年ものあいだ見つからなかったとしたら、どうか。やはり自分の残りの人生も、大なり小なり、終わりのない捜索に足を踏み入れることになったのかもしれない。そしてそんな時、家族を捜索する吉田の前に誰かが現れ、「区切り」をつけようとしたら、どう思うだろうか。吉田はどこかでその横槍を疎ましく思うかもしれなかった。

その意味で、区切りをつけるという吉田の考え方には、いまだ捜索を続けてほしいと願う不明者家族たちにとって、裏切りとまではいえないまでも、何かしらの不穏なものが含まれていたのかもしれなかった。

吉田の中でかたちのない矛盾がきしんでいた。不明者が見つからないまま進む復興と、探し続ける家族たちの想い。相反する二つの事実のぶつかり合いに、吉田自身もどうすることもできないでいた。そしてそんな不条理の中で、吉田は自分の小ささのようなものを感じることがあった。

冷たい風の吹き抜ける閖上港で捜索は続いていた。ダイバーたちの呼吸音が絶え間なく響いていた。その上空、紺碧の空にひとひらの雲が浮かんでいた。まだ白く雪の残った蔵王の山々から吹き降ろした風が、太平洋にぶつかってできた雲だった。

どこへ向かうのかわからないまま、少しずつかたちを変えながらゆっくりと流れていく雲。青い空にぴたりと張りついたその雲は、音もなくゆっくりと、しかし、確かに動いていた。

あとがき

「結局、何を伝えたいの」

取材をさせていただいた、元名取(なとり)市長に問いかけられた。あとがきを書きはじめるこの段階になっても、その答えははっきりとしない。

本書の主人公・吉田浩文(よしだひろふみ)氏とはじめて出会ったのは、震災直後、避難所になっていた名取市文化会館わきの銀色の灰皿の前であった。目撃したといったほうが正確かもしれない。震災から数週間、という時期だった。

当時、私はいくつかの巡りあわせによってたどり着いた宮城県名取市で、瓦礫(がれき)撤去のボランティアをしながら、避難所に暮らす人々の話を少しずつ聞いているところだった。取材のつもりで来たが、壊れた街の風景を前に言葉を失うばかりで、何ができるのか見当もつかなかった。何もできないならば、ボランティアをして帰ろうと考えていた。

その日、寒空の下、灰皿の置かれた一角で、初老の男性と、四十代くらいの男性がタバコをふかしながら話していた。

「今日は何体くらい上げたの？」

「いやあ、今日はたくさん上がったねえ。今日は泣いた。泣いたわ〜」
耳を疑うような会話だった。何体上げたの、というのがおそらくはご遺体のことであるということが恐ろしかったし、泣いたわ〜、という言葉の響き、会話の普通っぽさが、それにも増して恐ろしかったことをよく覚えている。聞き耳を立てていた私はタバコを吸うふりをして、会話の主のほうへ近づこうとしたが、それも何か大きな罪であるかのような気がして、できなかった。

のちに振り返ってみると、あれが吉田氏に違いなかった。吉田氏は、「震災の引き上げで一度だけ涙が出たことがある。それは木村の遺体が上がった日だった」という述懐をしているので、この日がそうだったのかもしれない。

それからひと月ほどした頃、ある人の紹介で吉田氏と話す機会を得た。貞山堀（ていざんぼり）の引き上げをしていた彼は、引き上げの現実を伝えてほしいと言った。

それから何度か会って、話を聞くようになった。しかし、当初、あまり良い印象を受けなかった。仙台港で引き上げを始めた頃、笑いが止まらなかったという話や伸びたおばあさんの話。やはり不謹慎に思えた。何も知らなければ、誰（だれ）でもそう思うだろう。

しかし、別の思いもあった。それは震災によってすべてが変わってしまった町で、たった一人、吉田氏だけが震災の前も後も、変わらず同じことを続けてきたという事実だった。いわば震災が人々に不条理な非日常をもたらすはるか以前から、吉田氏だけがその非日常の中をあらかじめ生きていたということだった。彼だけが知っている何かがあるのではないか、という気がした。

二〇一四年にアメリカを一周する日本人ランナーに帯同するという仕事を得て、渡米する機会に恵まれた。カリフォルニアの田舎町を北上しながら、いくつもの名もない町を通りすぎ、名もない人々の素朴な暮らしを垣間見た。

震災の悲しみを世界の中心のようにとらえていた当時の私には、その風景が新鮮に思えた。普通の人が普通の暮らしを営んでいる素晴らしさが次々と目に飛び込んできた。帰国して吉田氏に再び会いに行くと、私の中の吉田像も変化していった。

「死者を前にして笑った吉田」から「死者を前にして、笑うことでしか生きてこられなかった吉田」になっていった。そして引き上げられたいくつかのご遺体にとって、その「笑う吉田」以外に引き上げてもらえる人もいなかったことを考えれば、私が彼にそれ以上何かを望むことはできなかった。

どこへ向かうかわからないが、彼の話を聞き、記していこうと思えた。気がつけば東北に通う日々は九年目になった。取材には困難も伴った。吉田氏にしても警察にしても、保管していた文書は津波で流出してしまった。聞き取りによって大部分を構成するほかなかった。しかしその分、生の声を聞くことができた私は、吉田氏の半生を窓として、たくさんの知らなかった風景や人と出会うことになった。彼の言動や独特の苦悩を通して、私の生命観も徐々に変化し、時には生きることや命そのものの重みが伝わってきた。

ここに描かれたのは、私がそのようにして心動かされた、引き上げ専門の潜水士としての吉田氏の人生の断片を、私なりに積み上げなおしたものである。元市長の問いに答えるとするなら、それが私のぼんやりとした答えかもしれない。

本文に描かれた、震災五年目以降、震災の不明者捜索については、吉田氏の目立った活動はあまりなかったといえる。ただ、震災とは別に、白石川や閖上港などの水辺で人が行方不明になれば、そこにはやはり彼の姿があった。その地道な捜索活動は、何らかの形でこれからも散発的に続いていくと思われる。

閖上の町はどうなっただろうか。震災からおよそ十年が経ち、すっかり新しい町である。住宅ができ、バスが通り、新たな学校で授業が始まり、スーパーマーケットもできた。復興達成宣言がなされ、かつての住人ばかりでなく、新たに外部から転居してくる人も増えた。

最近になって、津波で家屋が全壊したが、運よく全員が無事だったご一家の新築の家にお邪魔したことがあった。新しい暮らしの中、孫もできた男性は、「いま、幸せなんだ」と言った。素直にうれしかった。復興という言葉をやや懐疑的に見てきた私も、そこに復興の部分的な完了を見た気がした。

一方、震災でご家族を失った人の声には、別の現実が映し出されていたかもしれない。

「復旧はしたけれども、復興は一生あり得ない」

町は戻っても一番大切なご家族との時間だけが戻ってこない、ということだろう。その思いには哀切極まるものがある。希望という安易な言葉を慎まなければならないと思わせる、厳しい現実でもある。

名取市役所によれば、市には今も届けのあるだけで三十八名の行方不明者がいるという。その数字は、吉田氏が引き上げようとして、今日までなしえなかったことの数でもある。それぞれのご家族に、単純な悲しみという言葉では表すことのできないだろう、複雑な思いがある。吉田氏を中心に据えたことによって、もっとも耳を澄ますべきかもしれない、それらの声を十分に盛り込むことができなかったことは、本書の執筆における、一つの後悔でもある。

最後に、本書の作成にあたって取材にご協力いただいたすべての関係者の方々に、この場を借りて改めて感謝申し上げたい。

なお、吉田氏以外の登場人物の名前は、一部仮名となっている。また、本文中の敬称は略した。

二〇二一年一月

矢田海里

主要参考資料

書籍・雑誌・新聞

女川町誌編纂委員会編『女川町誌』（一九六〇年、女川町）

女川町誌編さん委員会編『女川町誌　続編』（一九九一年、女川町）

小斎誠進『その時、閖上は』（二〇一一年、小斎誠進）

森健編『つなみ　被災地の子どもたちの作文集』（二〇一一年、文藝春秋）

ＮＨＫスペシャル取材班『巨大津波　そのときひとはどう動いたか』（二〇一三年、岩波書店）

水田惠三・庄司則雄『名取市民震災の記録』（二〇一五年、尚絅総研出版会）

「ＧＡＬＡＣ」（二〇一四年九月号、二〇一五年七月号）

「広報なとり」

「閖上復興だより」一〜六十号

「河北新報」二〇一一年三〜六月

ＷＥＢ

洋野町ホームページ

http://www.town.hirono.iwate.jp/docs/2013051500045/

株式会社潜水技術センターホームページ

http://ditecjapan.com/world3.html

「３．11東日本大震災消防活動記録」（二〇一三年、名取市消防本部）

http://www.fdn119.jp/campaign/sinsaikiroku/sinsaikiroku.pdf

「東日本大震災と警察」（二〇一一年、警察庁）

https://www.npa.go.jp/archive/keibi/syouten/syouten281/pdf/ALL.pdf

『海上保安レポート２０１２　特集東日本大震災』（二〇一二年、海上保安庁）

https://www.kaiho.mlit.go.jp/info/books/report2012/html/tokushu/p022_02_01.html